千年文脉

100首古诗里的中国诗歌史

◎韩经太 姜西良 编著

北京语言大学出版社
BEIJING LANGUAGE AND CULTURE UNIVERSITY PRESS

图书在版编目（CIP）数据
千年文脉 ：100 首古诗里的中国诗歌史 / 韩经太，姜西良编著. -- 北京 ：北京语言大学出版社，2025. 3.
ISBN 978-7-5619-6685-3
Ⅰ. I207.2
中国国家版本馆CIP数据核字第2024BU9668号

千年文脉：100首古诗里的中国诗歌史

QIANNIAN WENMAI: 100 SHOU GUSHI LI DE ZHONGGUO SHIGESHI

排版制作：北京创艺涵文化发展有限公司
责任印制：周　燚

出版发行：北京语言大学出版社
社　　址：北京市海淀区学院路15号，100083
网　　址：www.blcup.com
电子信箱：service@blcup.com
电　　话：编 辑 部　8610-82303390
国内发行　8610-82303650/3591/3648
海外发行　8610-82303365/3080/3668
北语书店　8610-82303653
网购咨询　8610-82303908
印　　刷：北京瑞禾彩色印刷有限公司

版　　次：2025 年 3 月第 1 版　　**印　　次：**2025 年 3 月第 1 次印刷
开　　本：787 毫米 × 1092 毫米　1/16　　**印　　张：**19
字　　数：264 千字
定　　价：98.00 元

PRINTED IN CHINA

凡有印装质量问题，本社负责调换。QQ：1367565611，电话：010-82303590

前言

诗歌，是中国传统文化的瑰宝，是中华先贤留给后世的精神财富，是即使经过漫长岁月的洗礼，仍能展现中国古典文学魅力的艺术结晶。

许多孩子在牙牙学语阶段，已经开始诵读“鹅，鹅，鹅，曲项向天歌”，一代又一代的传承便是从这里开始的。自小，我们就接触诗歌：学龄前，诗歌是语言启蒙读物；上学后，诗歌是语文科目中的重要学习内容。

中国的诗歌，可以唐诗为典型代表，但唐诗绝不是平地拔起的孤峰。往前看，早在远古时期，诗歌就开始在中华先民的生活与生产中悄悄萌芽；往后看，不仅有宋诗与唐诗双峰并峙，而且有宋词的“别是一家”；再往后，元朝散曲的出现使人们从此有了“诗词曲”的整体概念，而明清时期围绕着学唐诗还是学宋诗形成的“唐宋诗之争”，充分体现了中华民族对诗美理想的持续追求，更何况，清代一向被称为词的复兴时代。伴随着新文化运动的现代思潮，中国诗歌打破古典传统而追求自由抒写，于是就有了今天的白话诗。总之，我们编撰这本《千年文脉：100 首古诗里的中国诗歌史》，就是为了让读者对中国古代诗歌的发展脉络有一个大致的了解。

本书以通观古今的眼光选编了从先秦到清代 100 首重要而经典的诗歌。选篇兼顾普及性与学术性，尽量选用大众耳熟能详之作来串起诗歌史，同时也收录了部分相对“冷门”但却在诗歌史上具有里程碑意义的作品，如南朝诗人谢朓的代表作《晚登三山还望京邑》，该诗虽不如“李杜”诗篇那样广为人知，但却见证着山水诗在谢灵运之后的渐趋成熟。这样的编排既符合夯实已知、拓展新知的学习规律，又能客观立体地呈现中国诗歌的演变轨迹。书中每首诗下均设有“字词注释”“诗歌鉴赏”“以诗观史”三大板块。“字词注释”帮助我们破除阅读古诗的语言障碍；“诗歌鉴赏”帮助我们整体领略诗歌之美，读懂诗歌的言内之义与言外之境；“以诗观史”则把每首诗作为观察诗歌发展演变的眼睛，分析每首诗在诗歌史上的作用与地位。在一些重要的诗篇或诗群之前，我们还插入了“诗史时刻”，如“《诗经》”“《楚辞》”“汉乐府”“李杜”等，有点有面地介绍中国诗歌发展的“高光时刻”。

除了文字内容，本书的插图也很值得一看。本着“让读者身临其境”的宗旨，我们在为每一首古诗创作插图时，都查阅了大量的资料，力求还原古诗表现的意境，图中不同朝代的服饰、器物等也尽量贴近对应的时代。考虑到现在人们对某些标志性建筑的既有印象，我们选择以现存的建筑外观作为参考，以免扰乱大家的认知。

本书汇编了 100 首诗歌，却又不止于这 100 首诗歌。这 100 首诗歌的时间线，能帮助我们串联起诗歌发展的历时嬗变与各时代各诗歌群的共时特点，了解中国古诗的发展概况。

亲爱的读者朋友，让我们一起诵读欣赏经典诗歌，学习积累文史通识，读懂诗意中国的千年文脉，触摸中华优秀传统文化的不息脉动吧！

先秦诗歌

诗史时刻

两汉诗歌

诗史时刻

魏晋南北朝诗歌

诗史时刻

唐代诗歌

诗史时刻

目录

宋代诗歌

诗史时刻

辽、金、元诗歌

诗史时刻

明代诗歌

诗史时刻

清代诗歌

诗史时刻

串联一百个诗史时刻

跋涉两千载文化长河

先秦诗歌

先秦诗歌概说

我国是世界四大文明古国之一。百年考古发现的重大成就证实了我国有百万年的人类史、一万年的文化史、五千多年的文明史。在中国历史上，人们习惯把秦统一六国前的时期称为先秦。这一时期，中华先民在培育农作物、驯化野生动物、寻医问药、观天文察地理、制造工具、创立文字、科学发现和科技发明、建设村落、营造都市、建构和治理国家、创造和发展文化艺术等各个领域都取得了令人赞叹的成就。

中国是诗的国度，中国诗歌伴随着中华文明而起源、发展。中国人认为诗起源于人的情感生发，诗与一般的语言不同，它是以歌唱的方式呈现出来的。自从中华先民创造出最早的文字，用书写记录诗歌的条件就产生了。中国现存最古老的一部诗歌总集是《诗经》，它辑录了殷商时期到春秋中期共 305 篇作品，向我们展示了殷商时期乃至远古社会的历史风貌和人文精神。《诗经》之后二百年左右，中国的南方又产生了一种新的诗体——楚辞体，其代表作家是屈原。

诗史时刻

上古歌谣

上古歌谣主要是指传说时期的诗歌，是在生产力极为低下的原始时期产生的，是最早出现的文学样式，为我们展示了远古先民的生活、思想和情感内容。这些歌谣大多产生于文字出现之前，是通过口头传唱的方式流传下来的，大多词句简朴，节奏流畅。

上古歌谣的内容题材

劳动歌谣

农业

如《击壤歌》:“日出而作，日入而息。”

狩猎

如《弹歌》:“断竹，续竹；飞土，逐宍。”

祭祀歌谣

腊祭

如《伊耆氏蜡辞》:“土反其宅！水归其壑！昆虫毋作！草木归其泽！”

婚恋歌谣

爱情

如《候人歌》:“候人兮猗! ”

战争歌谣

打仗

如《得敌》:“得敌。或鼓,或罢,或泣,或歌。”

图腾歌谣

崇拜

如《燕燕往飞》:“燕燕往飞。”

1

弹　歌

〔先秦〕佚名

duàn　zhú　　xù　zhú
断①竹，续②竹；

fēi　tǔ　　zhú　ròu
飞土③，逐宍④。

① 断：砍伐。
② 续：连接。
③ 土：泥丸，泥弹。
④ 宍：“肉”的古字。

诗歌鉴赏

这是一首描绘原始狩猎场景的上古歌谣。诗歌以八个字概括了狩猎的全过程，“断”“续”“飞”“逐”四个动词的使用让诗歌富有动感，再现了上古先民的生活图景，展现了人类勇敢、智慧的精神风貌。它的语言质朴、简短有力、节奏明快，营造出一种紧张而热烈的氛围。

以诗观史

上古歌谣产生于原始社会，是上古先民集体的口头创作，和后世所谓的“诗歌”有所不同，但却是中国诗歌的源头之一，展示了诗歌在原始社会的早期形态。上古歌谣最大的特色是与现实生活紧密联系，它们以简洁明快的语言表达了上古先民对自然、社会、生活的感受和思考，这首《弹歌》就是很好的例子。上古歌谣开创了诗歌创作的现实主义传统，对后来的《诗经》产生了重要的影响。

诗史时刻

《诗经》

《诗经》是我国第一部诗歌总集，收集了从殷商时期至春秋中叶五百多年间的诗歌，共305篇，又称“诗三百”，相传为孔子编订，被奉为儒家经典，是“五经”之一。（“五经”:《诗经》《尚书》《礼记》《周易》《春秋》。）

《诗经》六义：风、雅、颂、赋、比、兴

“风、雅、颂”是《诗经》的三种内容，“赋、比、兴”是《诗经》的三种表现手法。

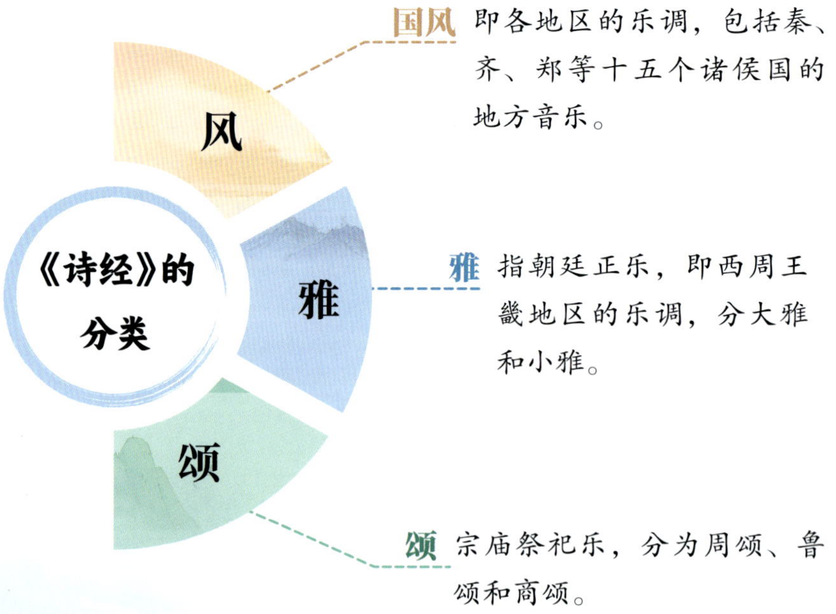

《诗经》的手现手法

赋

定义 即铺陈直叙。

作用 它直接陈述事物，使读者能够明白无误地理解诗中所表达的内容。

如《七月》："三之日于耜（sì），四之日举趾。同我妇子，馌（yè）彼南亩，田畯（jùn）至喜。"

比

定义 即打比方，以彼物比此物。

作用 对人或物加以形象的比喻，使其特点更鲜明。

如《硕鼠》："硕鼠硕鼠，无食我黍（shǔ）！三岁贯女（rǔ），莫我肯顾。"

兴

定义 即起兴，先言他物以引起所咏之辞。

作用 渲染气氛，触景生情，为下文开头。通过兴的手法，诗人可以从眼前的景物或事物出发，引起对更深层次的情感和主题的探讨。

如《关雎》："关关雎鸠，在河之洲。窈窕淑女，君子好逑。"

※ 赋比兴三种表现手法往往交替使用

《诗经》在诗歌史上的地位与影响

《诗经》在诗歌史上的地位与影响

- **开启了中国现实主义诗歌的先河**
  与浪漫主义的《楚辞》共同构成了中国诗歌的两大源头。
- **确立了中国诗歌抒情言志的传统**
  屈原作《离骚》，发愤抒情；
  汉乐府"感于哀乐，缘事而发"；
  建安文人，发出了气势磅礴的慷慨之音；
  杜甫的"诗史"，将抒发个人情感与关注家国命运紧密相连。
- **塑造了中国文人的"风雅精神"**
- **开创了以"赋比兴"为主的诗歌表现手法**

关雎

〔先秦〕佚名

guān guān jū jiū, zài hé zhī zhōu.
关关[1]雎鸠[2]，在河之洲[3]。

yǎo tiǎo shū nǚ, jūn zǐ hǎo qiú.
窈窕[4]淑女[5]，君子好逑[6]。

cēn cī xìng cài, zuǒ yòu liú zhī.
参差[7]荇菜[8]，左右流[9]之。

yǎo tiǎo shū nǚ, wù mèi qiú zhī.
窈窕淑女，寤寐[10]求之。

qiú zhī bù dé, wù mèi sī fú.
求之不得，寤寐思服。

yōu zāi yōu zāi, zhǎn zhuǎn fǎn cè.
悠哉悠哉，辗转反侧。

cēn cī xìng cài, zuǒ yòu cǎi zhī.
参差荇菜，左右采之。

yǎo tiǎo shū nǚ, qín sè yǒu zhī.
窈窕淑女，琴瑟友之[11]。

cēn cī xìng cài, zuǒ yòu mào zhī.
参差荇菜，左右芼[12]之。

yǎo tiǎo shū nǚ, zhōng gǔ lè zhī.
窈窕淑女，钟鼓乐之[13]。

① 关关：拟声词。
② 雎鸠：一种水鸟，一般认为就是鱼鹰。传说它们雌雄形影不离。
③ 洲：水中的陆地。
④ 窈窕：文静美好的样子。

⑤ 淑女：善良美好的女子。
⑥ 好逑：好的配偶。逑，配偶。
⑦ 参差：长短不齐的样子。
⑧ 荇菜：一种可以吃的水草。
⑨ 流：摘取。
⑩ 寤寐：这里指日日夜夜。寤，醒时。寐，睡时。
⑪ 琴瑟友之：弹琴鼓瑟对她表示亲近。
⑫ 芼：挑选。
⑬ 钟鼓乐之：敲钟击鼓来使她快乐。

诗歌鉴赏

这是一首描写男女恋爱的情歌。此诗在艺术上巧妙地采用了“兴”的表现手法，以雎鸟的相互和鸣与采摘荇菜的行为来表达男主人公对美好女子的相思与追求。描写男子追求不得、辗转反侧的情感，写得细腻深沉。“琴瑟友之”和“钟鼓乐之”都是描述男主人公想象女子答应他以后，为了取悦女子而采取的行动，是虚写，也是心灵上的交流。全诗在语言上运用重章叠句和双声叠韵，具有韵律美，便于传唱，写人状物拟声传情，更有生动性。

以诗观史

《关雎》出自《诗经·周南》，是《诗经》的开篇之作。《诗经》按照内容可以分为风、雅、颂三个部分。其中，“风”反映了先秦人民的真实生活，体现了各地的风土人情，是我国现实主义诗歌的源头。《关雎》就属于“风”。这首诗运用了“兴”的表现手法，将客观事物拟人化，对后世的诗歌创作产生了深远的影响。

3

桃夭

〔先秦〕佚名

táo zhī yāo yāo　zhuó zhuó qí huā
桃之夭夭[1]，灼灼[2]其华[3]。
zhī zǐ yú guī　yí qí shì jiā
之子[4]于归[5]，宜[6]其室家。
táo zhī yāo yāo　yǒu fén qí shí
桃之夭夭，有蕡[7]其实。
zhī zǐ yú guī　yí qí jiā shì
之子于归，宜其家室。
táo zhī yāo yāo　qí yè zhēn zhēn
桃之夭夭，其叶蓁蓁[8]。
zhī zǐ yú guī　yí qí jiā rén
之子于归，宜其家人。

① 夭夭：花朵怒放，美丽而繁华的样子。
② 灼灼：花朵明亮鲜艳的样子。
③ 华：同“花”。
④ 之子：这位姑娘。
⑤ 于归：女子出嫁。
⑥ 宜：和顺、亲善。
⑦ 蕡：草木结实很多的样子。
⑧ 蓁蓁：桃叶茂盛。

诗歌鉴赏

这是一首贺婚诗，全诗以桃树比喻新娘，表达了对她的赞美和祝福。桃花比喻新娘年轻貌美，桃子比喻多子多孙，桃叶繁茂比喻家庭兴旺发达。这首诗体现了一种影响深远的审美理念，即一个姑娘不仅要有美如桃花的外貌，还要有“宜室”“宜家”的内在美。诗中采用了重章叠句的结构，反复吟咏，形成了一种韵律感，具有很强的艺术感染力。

以诗观史

《桃夭》出自《诗经·周南》，是《诗经》的第六篇。《诗经》的前几篇几乎全部是写婚恋和家庭生活的，这体现了先秦人民对婚姻家庭的重视。春秋战国时期，生产力水平低下，家庭是社会最基本的单位，娶亲是关系到家庭和睦、团结的大事。所以，对新娘最主要的希望就是“宜其室家”，“面若桃花”也成为中国古典诗歌的经典意境，开启了以花喻人的先河。

4

蒹葭

〔先秦〕佚名

jiān jiā cāng cāng, bái lù wéi shuāng.
蒹葭[1]苍苍[2]，白露为霜。
suǒ wèi yī rén, zài shuǐ yì fāng.
所谓伊人[3]，在水一方[4]。
sù huí cóng zhī, dào zǔ qiě cháng.
溯洄从之[5]，道阻[6]且长。
sù yóu cóng zhī, wǎn zài shuǐ zhōng yāng.
溯游[7]从之，宛在水中央。

jiān jiā qī qī, bái lù wèi xī.
蒹葭萋萋，白露未晞[8]。
suǒ wèi yī rén, zài shuǐ zhī méi.
所谓伊人，在水之湄[9]。
sù huí cóng zhī, dào zǔ qiě jī.
溯洄从之，道阻且跻[10]。
sù yóu cóng zhī, wǎn zài shuǐ zhōng chí.
溯游从之，宛在水中坻[11]。

jiān jiā cǎi cǎi, bái lù wèi yǐ.
蒹葭采采，白露未已[12]。
suǒ wèi yī rén, zài shuǐ zhī sì.
所谓伊人，在水之涘[13]。
sù huí cóng zhī, dào zǔ qiě yòu.
溯洄从之，道阻且右[14]。
sù yóu cóng zhī, wǎn zài shuǐ zhōng zhǐ.
溯游从之，宛在水中沚[15]。

① 蒹葭：芦苇。
② 苍苍：茂盛的样子。下文“萋萋”“采采”义同。
③ 伊人：那个人。
④ 在水一方：在水的另一边，指对岸。
⑤ 溯洄从之：逆流而上去追寻那人。溯洄，逆流而上。洄，逆流。从，跟随，追寻。之，代“伊人”。
⑥ 阻：艰险。
⑦ 溯游：顺流而下。
⑧ 晞：干。
⑨ 湄：岸边，水与草相接的地方。
⑩ 跻：道路高而陡。
⑪ 坻：水中的小洲。
⑫ 未已：没有完，这里指没有干。已，止。
⑬ 涘：水边。
⑭ 右：向右迂曲。
⑮ 沚：水中的小块陆地。

诗歌鉴赏

这是一首写男女思慕、追求意中人而不得的诗。主人公想象着自己的意中人就在水的对岸，但是却不能接近，塑造了一个可望而不可即的“伊人”形象，营造出一种惆怅的意境。整首诗三节结构类似，产生了重章叠句、回环复沓的效果，这也正是诗歌“一咏三叹”的表现手法。

以诗观史

《蒹葭》出自《诗经·秦风》，被誉为“千古伤心之祖”。在《诗经》时代的文化风俗中，春天是男女相恋的季节，秋天本应是收获爱情的季节，可这首诗却通过描写秋天草木摇落的景象，营造出一种凄凉的氛围，以此来表现主人公内心的凄苦悲凉。这种以景托情的手法，也被《楚辞》《汉乐府》和后代诗歌所继承，影响了中国古典诗歌的“悲秋”模式。

5

氓（节选）①

〔先秦〕佚名

sāng zhī wèi luò qí yè wò ruò xū jiē jiū xī
桑之未落，其叶沃若②。于③嗟鸠④兮，
wú shí sāng shèn xū jiē nǚ xī wú yǔ shì dān shì zhī dān
无食桑葚！于嗟女兮，无与士耽⑤！士之耽
xī yóu kě tuō yě nǚ zhī dān xī bù kě tuō yě
兮，犹可说⑥也。女之耽兮，不可说也！

sāng zhī luò yǐ qí huáng ér yǔn zì wǒ cú ěr sān suì
桑之落矣，其黄而陨。自我徂尔⑦，三岁
shí pín qí shuǐ shāngshāng jiān chē wéi cháng nǚ yě bù shuǎng
食贫。淇水汤汤⑧，渐⑨车帷裳⑩。女也不爽⑪，
shì èr qí xíng shì yě wǎng jí èr sān qí dé
士贰⑫其行。士也罔⑬极⑭，二三其德⑮。

sān suì wéi fù mǐ shì láo yǐ sù xīng yè mèi
三岁为妇，靡室劳⑯矣。夙⑰兴⑱夜寐，
mǐ yǒu zhāo yǐ yán jì suì yǐ zhì yú bào yǐ xiōng dì bù zhī
靡有朝矣。言既遂矣，至于暴矣。兄弟不知，
xì qí xiào yǐ jìng yán sī zhī gōng zì dào yǐ
咥⑲其笑矣。静言思之，躬⑳自悼㉑矣。

jí ěr xié lǎo lǎo shǐ wǒ yuàn qí zé yǒu àn xí zé
及尔偕老，老使我怨。淇则有岸，隰㉒则
yǒu pàn zǒng jiǎo zhī yàn yán xiào yàn yàn xìn shì dàn dàn
有泮㉓。总角㉔之宴，言笑晏晏㉕，信誓旦旦㉖，
bù sī qí fǎn fǎn shì bù sī yì yǐ yān zāi
不思其反㉗。反是不思，亦已焉哉！

① 氓：民，这里指诗中的男主人公。

② 沃若：鲜嫩润泽的样子，比喻女子年轻貌美。

③ 于：同“吁”，读 xū，表示感慨。

④ 鸠：斑鸠。

⑤ 耽：迷恋，沉溺。

⑥ 说：同“脱”，读 tuō，解脱。

⑦ 徂尔：嫁到你家。

⑧ 汤汤：水势浩大的样子。
⑨ 渐：浸湿。
⑩ 帷裳：车旁的布幔。
⑪ 爽：差错。
⑫ 贰：不专心，有二心。
⑬ 罔：无，没有。
⑭ 极：标准，准则。
⑮ 二三其德：在品德上三心二意，行为前后不一致。
⑯ 室劳：家务劳动。
⑰ 夙：早。
⑱ 兴：起来。
⑲ 咥：笑的样子。
⑳ 躬：自身。
㉑ 悼：伤心。
㉒ 隰：低湿的地方。
㉓ 泮：同“畔”，水边。
㉔ 总角：古代男女未成年时把头发扎成丫髻，称总角。这里指代少年时代。
㉕ 晏晏：欢乐的样子。
㉖ 旦旦：诚恳的样子。
㉗ 不思其反：不曾想过会违背誓言。

诗歌鉴赏

这是一首弃妇的怨诗，全诗以第一人称的口吻叙述了女主人公与“氓”恋爱、结婚、受虐以及被遗弃的全过程，展现了她从一往情深到怨恨决绝的心理变化，这里节选的是描写女主人公婚后被厌弃，并清醒、刚烈地表示决绝态度的段落。全诗以赋为主，兼用比兴，赋以叙事，兴以抒情。全诗共六章，每章十句，但并不像《诗经》其他各篇那样采用复沓的形式，而是依照人物命运发展的顺序，自然地加以抒写，刻画了一个可怜的女子形象。

以诗观史

《氓》出自《诗经·卫风》，这首诗以其独特的题材和深刻的情感表达，开创了中国诗歌史上弃妇诗的先河。这类诗多以弃妇为抒情主人公，表明弃妇现象在古代社会普遍存在，反映了封建社会妇女低下的地位和悲惨的命运，这种开创性的贡献为后世诗歌创作提供了丰富的素材和灵感。

6

鹿鸣

〔先秦〕佚名

yōu yōu lù míng, shí yě zhī píng.
呦呦①鹿鸣，食野之苹②。
wǒ yǒu jiā bīn, gǔ sè chuī shēng.
我有嘉宾③，鼓瑟④吹笙。
chuī shēng gǔ huáng, chéng kuāng shì jiāng.
吹笙鼓簧⑤，承筐⑥是将。
rén zhī hào wǒ, shì wǒ zhōu háng.
人之好我，示我周行⑦。

yōu yōu lù míng, shí yě zhī hāo.
呦呦鹿鸣，食野之蒿⑧。
wǒ yǒu jiā bīn, dé yīn kǒng zhāo.
我有嘉宾，德音⑨孔昭。
shì mín bù tiāo, jūn zǐ shì zé shì xiào.
视⑩民不恌⑪，君子是则⑫是效。
wǒ yǒu zhǐ jiǔ, jiā bīn shì yàn yǐ áo.
我有旨⑬酒，嘉宾式燕以敖。

yōu yōu lù míng, shí yě zhī qín.
呦呦鹿鸣，食野之芩⑭。
wǒ yǒu jiā bīn, gǔ sè gǔ qín.
我有嘉宾，鼓瑟鼓琴。
gǔ sè gǔ qín, hé lè qiě dān.
鼓瑟鼓琴，和乐且湛⑮。
wǒ yǒu zhǐ jiǔ, yǐ yàn lè jiā bīn zhī xīn.
我有旨酒，以燕乐嘉宾之心。

① 呦呦：鹿的叫声。
② 苹：藾蒿，可生食。
③ 宾：受招待的宾客。
④ 瑟：古代弦乐器。
⑤ 簧：笙上的簧片。
⑥ 承筐：奉上礼品。
⑦ 周行：大道，引申为大道理。
⑧ 蒿：青蒿，菊科植物。
⑨ 德音：美好的品德声誉。
⑩ 视：同“示”。
⑪ 恌：同“佻”，轻薄，轻浮。
⑫ 则：法则，楷模。这里做动词，意思是把……作为楷模。
⑬ 旨：甘美。
⑭ 芩：草名，蒿类植物。
⑮ 湛：同“耽”，深厚，长久。

诗歌鉴赏

这是周代社会君王宴飨群臣所用的一首乐歌。古人认为“鹿”是仁义之兽，全诗三段都以“鹿鸣”起兴，表现了君臣和睦宴饮的欢乐场景。全诗语言文雅，韵律和谐，情调欢快，鲜明地体现了周代社会的礼乐文化精神。

以诗观史

《诗经》中“雅”的部分，分为《大雅》和《小雅》。雅，即正调，指当时周代都城的诗歌乐调。《诗经》与周代礼乐文化紧密相连，特别是“雅”和“颂”类的作品。《鹿鸣》作为《小雅》的第一篇，在周代礼乐文化中有特殊的地位，对后世影响深远，“鹿鸣”也成为中国文化中一个鲜明的意象。

7

玄鸟

〔先秦〕佚名

tiān mìng xuán niǎo jiàng ér shēng shāng zhái yīn tǔ máng máng
天命玄鸟①，降而生商②，宅③殷土芒芒④。
gǔ dì mìng wǔ tāng zhēng yù bǐ sì fāng
古帝命武汤⑤，正⑥域彼四方。

fāng mìng jué hòu yǎn yǒu jiǔ yù shāng zhī xiān hòu shòu
方⑦命厥后⑧，奄⑨有九有⑩。商之先后⑪，受
mìng bú dài zài wǔ dīng sūn zǐ wǔ dīng sūn zǐ wǔ wáng mǐ
命⑫不殆⑬，在武丁⑭孙子。武丁孙子，武王⑮靡
bú shèng
不胜⑯。

lóng qí shí shèng dà chì shì chéng bāng jī qiān lǐ
龙旂⑰十乘⑱，大糦⑲是承。邦畿⑳千里，
wéi mín suǒ zhǐ zhào yù bǐ sì hǎi
维民所止㉑，肇域彼四海㉒。

sì hǎi lái gé lái gé qí qí jǐng yuán wéi hé yīn shòu mìng
四海来假㉓，来假祁祁㉔。景㉕员维河。殷受命
xián yí bǎi lù shì hè
咸宜㉖，百禄㉗是何㉘。

① 玄鸟：黑色的鸟。
② 商：指商的始祖契。
③ 宅：居住。
④ 芒芒：同“茫茫”，广大的样子。
⑤ 武汤：即成汤，号武，契的第十四代孙。
⑥ 正：同“征”，征服。
⑦ 方：遍，普。
⑧ 后：上古称君主，指诸侯。
⑨ 奄：拥有。
⑩ 九有：九州。有，同“域”，二字古音相同。
⑪ 先后：先王。
⑫ 命：天命。
⑬ 殆：同“怠”，懈怠。
⑭ 武丁：商高宗，汤的后代。
⑮ 武王：武汤，成汤。
⑯ 胜：胜任。
⑰ 旂：古时一种旗帜，上画龙形，杆头系铜铃。
⑱ 乘：四马一车为一乘。
⑲ 糦：同“饎”，酒食。
⑳ 邦畿：疆界。
㉑ 止：停留，居住。

㉒ 肇域四海：始拥有四海之疆域。
㉓ 来假：来朝。假，同“格”，读 gé，到达。
㉔ 祁祁：纷杂众多之貌。
㉕ 景：山名，在今河南商丘，古称亳，为商之都城所在。
㉖ 咸宜：指人们都认为适宜。
㉗ 百禄：多福。
㉘ 何：同“荷”，读 hè，承受，承担。

诗歌鉴赏

这首诗以祖先诞生和商汤立国为开篇，凸显了武丁中兴事业的伟大。这首诗多次使用对比手法，如“宅殷土芒芒”与“邦畿千里”，“正域彼四方”与“肇域彼四海”，通过这种对比，突出了武丁中兴时期疆域的广阔和国家的强盛。在用韵上，诗篇前四句押“阳”韵，高亢响亮，声势浩大，与祭祀的庄重热烈气氛相得益彰。

以诗观史

《诗经》“颂”类分为“周颂”“鲁颂”和“商颂”，其中，商颂是殷商后裔祭祀祖先、追述祖先功绩的颂歌，今存五篇，《玄鸟》即为其一。玄鸟是商代的祥瑞，这首诗通过对玄鸟的描绘，展现了商代的文化风貌，也反映了商颂所宣扬的道德观念和礼仪制度。在中国诗歌史上，《玄鸟》同样占有重要地位，它是中国古代诗歌发展的一个重要阶段中的代表作品，展现了商周时期人们的生活状态和精神面貌以及对祭祀的高度重视。

诗史时刻

《楚辞》

“楚辞”的两层含义

“楚辞”的两层含义

诗歌体裁

即战国后期以屈原为代表的诗人在楚地民歌的基础上开创的一种新诗体，也称“楚辞体”。

诗歌总集的名称

即西汉刘向在前人基础上辑录的一部“楚辞体”诗歌总集，收录了屈原、宋玉的作品以及汉代贾谊等人的仿骚体作品。

《楚辞》在诗歌史上的地位与影响

《楚辞》在诗歌史上的地位与影响

《楚辞》是中国文学史上第一部浪漫主义诗歌总集

《楚辞》和《诗经》共同构成了中国诗歌的两大源头。

鲁迅称屈原等的作品“逸响伟辞，卓绝一世”

屈原为了理想，顽强不屈地对现实进行批判的精神，早已突破了儒家明哲保身、温柔敦厚等处世原则，为中国文化增添了一股深沉刚烈之气。

《楚辞》的代表诗人

屈原

简介：

屈原（约前340—前278），名平，曾任三闾大夫与左徒之职。他主张“对内选贤举能，对外连齐抗秦”，但他的主张不被国君采纳。因遭贵族排挤诽谤，他先后被流放到汉北和江南，最后投江而死。

代表作品：

《离骚》《九歌》《天问》等。

宋玉

简介：

宋玉（前298—前222），字子渊，生于楚国，曾事楚顷襄王，为楚国士大夫。他在创作上受到屈原的影响，后人常以“屈宋”并称。

代表作品：

《九辩》《高唐赋》《登徒子好色赋》等。

离骚（节选）

〔先秦〕屈原

dì gāo yáng zhī miáo yì xī zhèn huáng kǎo yuē bó yōng
帝高阳[1]之苗裔[2]兮，朕[3]皇考[4]曰伯庸。

shè tí zhēn yú mèng zōu xī wéi gēng yín wú yǐ jiàng
摄提[5]贞[6]于孟陬[7]兮，惟庚寅[8]吾以降[9]。

huáng lǎn kuí yú chū dù xī zhào cì yú yǐ jiā míng
皇览揆[10]余初度兮，肇[11]锡[12]余以嘉名。

míng yú yuē zhèng zé xī zì yú yuē líng jūn
名[13]余曰正则兮，字[14]余曰灵均。

fēn wú jì yǒu cǐ nèi měi xī yòu chóng zhī yǐ xiū néng
纷吾既有此内美[15]兮，又重之以修能。

hù jiāng lí yǔ pì zhǐ xī rèn qiū lán yǐ wéi pèi
扈[16]江离与辟芷[17]兮，纫[18]秋兰[19]以为佩。

yù yú ruò jiāng bù jí xī kǒng nián suì zhī bù wú yǔ
汩[20]余若将不及兮，恐年岁之不吾与[21]。

zhāo qiān pí zhī mù lán xī xī lǎn zhōu zhī sù mǎng
朝搴[22]阰之木兰兮，夕揽[23]洲之宿莽[24]。

rì yuè hū qí bù yān xī chūn yǔ qiū qí dài xù
日月忽[25]其不淹兮，春与秋其代序[26]。

wéi cǎo mù zhī líng luò xī kǒng měi rén zhī chí mù
惟[27]草木之零落兮，恐美人之迟暮[28]。

bù fǔ zhuàng ér qì huì xī hé bù gǎi hū cǐ dù
不抚[29]壮而弃秽兮，何不改乎此度[30]？

chéng qí jì yǐ chí chěng xī lái wú dǎo fú xiān lù
乘骐骥[31]以驰骋兮，来吾道[32]夫先路！

①高阳：颛顼之号。
②苗裔：子孙后代。
③朕：我。
④皇考：对已故父亲的敬称。
⑤摄提：古代纪年术语，太岁在寅时为摄提格。此指寅年。
⑥贞：正当。
⑦孟陬：夏历正月的别名。
⑧庚寅：指庚寅之日。古以干支相配来纪日。
⑨降：降生。
⑩揆：推理揣度。

⑪ 肇：开始。
⑫ 锡：同“赐”。
⑬ 名：命名。
⑭ 字：表字。
⑮ 内美：内在的美好品质。
⑯ 扈：楚方言，披挂。
⑰ 江离、辟芷：均为香草名。
⑱ 纫：连缀。
⑲ 秋兰：秋天的兰花。
⑳ 汩：水疾流的样子，此处用以形容时光飞逝。
㉑ 不吾与：宾语前置，即“不与吾”，不等待我。
㉒ 搴：拔取。
㉓ 揽：采摘。
㉔ 宿莽：草名，经冬不死。
㉕ 忽：迅速的样子。
㉖ 代序：时序更替。
㉗ 惟：思虑。
㉘ 迟暮：衰老。
㉙ 抚：趁。
㉚ 此度：指现行的政治法度。
㉛ 骐骥：骏马。
㉜ 道：同“导”，引导。

诗歌鉴赏

《离骚》是一首带有屈原自传性质的叙事体长篇抒情诗，写于屈原被流放离开郢都之时。诗的前半部分写诗人在“党人”斗争中坚持自己的节操，后半部分写诗人上下求索的苦闷彷徨与何去何从的艰难选择。这里节选的是全诗的第一部分，诗人通过自叙的笔法回忆身世，感叹时间易逝，生命短暂，决心不断地培养品德、锻炼才能，以实现自己的社会理想。屈原在诗中巧妙地运用了“兮”字，它如同乐曲中的节拍器，使诗歌的节奏更加鲜明，韵律更加和谐。

以诗观史

《离骚》奠定了中国浪漫主义诗歌的基础，它突破了《诗经》以来以四言为主的诗歌形式，创造了句式长短不一、韵脚灵活多变的新体诗，极大地丰富了中国诗歌的表现手法。《离骚》的出现也标志着中国诗歌从集体抒情到个人抒情的转变，展现了一种超越现实的浪漫主义精神，这种精神在后世诗歌中得到了广泛的传承和发展。

两汉诗歌

两汉诗歌概说

公元前221年，秦始皇统一中国，建立了中国历史上第一个中央集权的郡县制国家。秦代的疆域，东到大海，西到陇西，北到长城一带，南至南海，大大超过了前代。秦始皇还统一了文字、度量衡。只是秦很快就被汉取代了。作为一个疆域辽阔、国祚绵长的统一大国，汉代所创造的文化和文明厚重、宏大、优美，继往开来。后世中华民族之主体称为“汉”，以及汉字、汉服、汉学等都在昭示着汉文化的巨大成就和深远影响。

中国诗歌从先秦发展到两汉，发生了重大变化。诗体形式由先秦时期的诗、骚体为主转为五、七言为主；诗歌的表现形式则由先秦诗歌的诗乐一体逐渐转向诗乐分流。汉代最有代表性的作品，一是乐府诗，一是以《古诗十九首》为代表的文人五言诗。它们以各自不同的艺术风貌为后世诗歌树立了优秀典范。

诗史时刻

汉乐府

汉代诗歌和先秦时期的楚地文学有很深的渊源关系，所以汉代文学从一开始就有浓郁的浪漫色彩。进入东汉以后，诗歌的浪漫色彩逐渐减弱而理性精神日益增强，“感于哀乐，缘事而发”的汉乐府发展到鼎盛时期。

乐府与乐府诗

乐府

乐府是朝廷的音乐管理、搜集机关，执掌天子及朝廷平时所用之乐。汉武帝时期，其职能得到强化，除了组织文人创作朝廷所用的“歌诗”（配乐的诗歌）外，还广泛搜集各地歌谣。

乐府诗

后来，人们把由乐府这一音乐机构所搜集、编制的歌诗称为“乐府诗”。宋代郭茂倩编的《乐府诗集》把汉至唐的乐府诗搜集在一起，分为 12 类。两汉乐府诗主要保存在郊庙歌辞、鼓吹曲辞、相和歌辞和杂歌谣辞中。

乐府诗的内容

乐府诗的内容

苦与乐的深刻揭示

表现平民百姓的疾苦，如《东门行》《孤儿行》；
展现社会各阶层的贫富悬殊，如《鸡鸣》《相逢行》。

爱与恨的坦率表白

对心上人的热情表白，如《上邪》；
果断鲜明的爱憎之情，如《有所思》；
封建社会的爱情悲剧，如《孔雀东南飞》。

乐生恶死的强烈愿望

对个体生命有限性的探索，如《长歌行》；
对生命的珍惜和对死亡的排斥，如《战城南》；
对神灵的精神寄托，如《上陵》。

汉乐府的艺术特色

汉乐府的艺术特色

- 内容题材贴近生活
- 故事情节完整曲折
- 人物形象各具特色
- 叙事描写详略得当
- 寓言创作生动形象

上　邪

〔汉〕佚名

shàng yé wǒ yù yǔ jūn xiāng zhī cháng mìng wú jué shuāi shān
上邪[1]！我欲与君相知[2]，长命[3]无绝衰[4]。山
wú líng jiāng shuǐ wéi jié dōng léi zhèn zhèn xià yù xuě tiān dì
无陵[5]，江水为竭，冬雷震震[6]，夏雨雪[7]，天地
hé nǎi gǎn yǔ jūn jué
合[8]，乃敢[9]与君绝。

① 上邪：天啊！邪，同“耶”，读 yé。
② 相知：相亲相爱。
③ 命：令，使。
④ 衰：衰绝。
⑤ 陵：山峰。
⑥ 震震：雷声。
⑦ 雨雪：降雪。
⑧ 天地合：天与地合二为一。
⑨ 乃敢：才敢。

诗歌鉴赏

这首诗写一个女子对天发誓，把五种不可能发生的自然现象当作断绝爱情的先决条件，可见其爱情之坚贞。“上邪”三句，指天发誓，气势不凡，“长命无绝衰”五字，坚定有力。这首诗用第一人称直抒胸臆，想象奇特，用语夸张，感情真挚热烈，充分表现了一个女子对爱情的执着和心地的纯洁。

以诗观史

这首诗在《乐府诗集》中归入“鼓吹曲辞”，为汉鼓吹铙歌十八曲之一。乐府本是礼乐机关，在秦代就已经设立，汉承秦制设乐府机关，并有意识地收集各地诗歌。汉乐府诗既包括汉代乐府搜集保存下来的作品，也包括两汉时代所有可以歌唱的诗篇。这些诗歌有的用于宗庙祭祀，有的也供人欣赏娱乐、讽喻批判，而“铙歌”原来是军乐，后来还用于朝会、田猎。汉乐府诗多数是现实主义的精确描绘，但也有一些作品表现出浪漫主义色彩，这首《上邪》爆发的激情与高度夸张正是浪漫主义的体现。在形式上，汉乐府诗突破四言格式，以杂言为主，趋向五言，这首《上邪》就是典型的杂言体。长短随意的杂言诗，到唐代发展成自由奔放的歌行体。

10

江南

〔汉〕佚名

jiāng nán kě cǎi lián, lián yè hé tián tián
江南可采莲，莲叶何①田田②。
yú xì lián yè jiān
鱼戏莲叶间。
yú xì lián yè dōng, yú xì lián yè xī
鱼戏莲叶东，鱼戏莲叶西，
yú xì lián yè nán, yú xì lián yè běi
鱼戏莲叶南，鱼戏莲叶北。

① 何：多么。
② 田田：形容莲叶茂盛的样子。

诗歌鉴赏

这首诗语言甚为简单，但音韵和谐，形象鲜明，生意盎然，一片欢乐。前三句以采莲起兴，但并没有写采莲的具体活动，也没有写莲，只是写莲叶茂盛，于是，莲的可爱便可以想见了。后四句回环往复，用“东”“西”“南”“北”四句写鱼戏莲叶间的欢乐场景，尤其生动，历历在目，让读者感受到大自然的勃勃生机。

以诗观史

这首诗在《乐府诗集》中归入“相和歌辞·相和曲”。“相和歌”是汉代的一种音乐演唱方式，其特点是用丝竹类乐器（也就是弦乐器和竹制管乐器）伴奏，演唱者手里还要拿着一种名叫“节”的乐器打着拍子。此外，这首诗各句均为五言。五言诗的出现是中国诗歌史上非常重要的事件。诗歌从古代歌谣的二言，发展到《诗经》的四言，再到《楚辞》的以四言和六言为基本句式，都是双音节二言及其重复延长。五言的出现打破了二言的节奏，音节错落，便于表现复杂事物与情感，富有生命力，自其产生一直到清代，五言一直是古典诗歌最重要的形式。完整的五言诗首先出现于汉乐府民歌，可见汉乐府民歌对我国诗歌发展的重大意义。

11

长歌行

〔汉〕佚名

qīng qīng yuán zhōng kuí zhāo lù dài rì xī
青青园中葵①，朝露待日晞②。

yáng chūn bù dé zé wàn wù shēng guāng huī
阳春③布④德泽⑤，万物生光辉。

cháng kǒng qiū jié zhì kūn huáng huā yè shuāi
常恐秋节至，焜黄⑥华叶衰。

bǎi chuān dōng dào hǎi hé shí fù xī guī
百川东到海，何时复西归。

shào zhuàng bù nǔ lì lǎo dà tú shāng bēi
少壮不努力，老大徒⑦伤悲。

①葵：冬葵，菜名。
②晞：晒干。
③阳春：温暖的春天。
④布：布施。
⑤德泽：恩惠。
⑥焜黄：颜色枯黄。
⑦徒：白白地。

诗歌鉴赏

这是一首咏叹人生的诗歌。青春易老，生命易逝，这是人类共有的体会。这首诗以园中之葵起兴，连用几个比喻。朝露经太阳一晒就干，万物在春天蓬蓬勃勃，草木到秋天便枯黄凋落。生命犹如东流入海的河水，永不复返。只有珍惜光阴，少年努力，到老才不至于后悔悲伤。全诗语短意长，充满哲理，发人深思，"少壮不努力，老大徒伤悲"两句则成为千古名句。

以诗观史

汉乐府除了《长歌行》，还有《短歌行》。关于"长"和"短"的意思，有的古人认为是指人的寿命。汉代的五言古诗有一个重要主题，那就是感慨生命的短促，因此，晋代的崔豹在《古今注》中说："长歌、短歌，言人寿命长短。"也有古人认为"长"和"短"是指歌咏的声音和曲调。古诗诗句中多提到歌咏的短长，如晋代傅玄《艳歌行》的"咄来长歌续短歌"，曹丕《燕歌行》的"短歌微吟不能长"。所以，《乐府诗集》的编者郭茂倩认为，长歌、短歌应指"歌声有长短"。至于"行"，它在汉乐府的诗题中十分常见，如《长歌行》《短歌行》《燕歌行》，但这里的"歌行"还不是后来长篇歌行体的"歌行"，而是"某歌之行"，"行"是一种可以多遍歌唱或演奏的乐曲。

孔雀东南飞（节选）

〔汉〕佚名

fǔ lì mǎ zài qián xīn fù chē zài hòu yǐn yǐn hé tián tián
府吏马在前，新妇车在后，隐隐[1]何甸甸，

jù huì dà dào kǒu xià mǎ rù chē zhōng dī tóu gòng ěr yǔ shì
俱会大道口。下马入车中，低头共耳语：“誓

bù xiāng gé qīng qiě zàn huán jiā qù wú jīn qiě fù fǔ bù jiǔ
不相隔[2]卿，且暂还家去；吾今且赴府，不久

dāng huán guī shì tiān bù xiāng fù
当还归，誓天不相负！”

xīn fù wèi fǔ lì gǎn jūn qū qū huái jūn jì ruò jiàn lù
新妇谓府吏：“感君区区怀[3]！君既若见录[4]，

bù jiǔ wàng jūn lái jūn dāng zuò pán shí qiè dāng zuò pú wěi pú wěi
不久望君来。君当作磐石，妾当作蒲苇，蒲苇

rèn rú sī pán shí wú zhuǎn yí wǒ yǒu qīn fù xiōng xìng xíng bào
纫[5]如丝，磐石无转移。我有亲父兄[6]，性行暴

rú léi kǒng bú rèn wǒ yì nì yǐ jiān wǒ huái jǔ shǒu cháng láo
如雷，恐不任我意，逆[7]以煎我怀。”举手[8]长劳

láo èr qíng tóng yī yī
劳[10]，二情同依依。

①隐隐：和下面的“甸甸”都是模拟车声。
②隔：绝。
③区区怀：诚挚专一的心怀。
④见录：记着我。录，记。
⑤纫：同“韧”，柔韧牢固。
⑥亲父兄：单指哥哥。
⑦逆：预料，想到将来。
⑧举手：分手告别。
⑨劳劳：怅惘若失的样子。

诗歌鉴赏

这首诗讲述了汉末时一个哀婉的爱情悲剧。诗中的女主人公刘兰芝得不到婆婆的喜爱，男主人公焦仲卿只能被迫休妻，二人分别后，被各自的家人逼迫重新嫁娶，最后双双自杀。这里节选的几句诗描写了二人分别时相互约定再相聚的情景。诗歌通过刘焦夫妇的爱情悲剧控诉了封建礼教的残酷无情，歌颂了主人公的真挚感情和反抗精神，深刻地反映了古代社会的婚姻制度、家庭伦理。诗歌首句以“孔雀东南飞，五里一徘徊”起兴，既象征了刘兰芝、焦仲卿的生命结局，也烘托、渲染了全诗的悲凉气氛。全诗的叙事清晰完整，善于运用语言描写和行动描写来刻画和塑造人物，增强人物形象的生动性；叙事中穿插抒情，又巧妙利用环境描写进行渲染，使作品感人肺腑。

以诗观史

这首诗最早见于《玉台新咏》，原题为“古诗为焦仲卿妻作”。汉乐府最大的艺术特色在于其叙事性，这是由它“缘事而发”的内容所决定的。这首《孔雀东南飞》就是一首成熟的叙事诗，而且是中国古代最长的叙事诗，是汉乐府叙事诗发展的高峰。《诗经》中已有一些具有叙事成分的作品，如《氓》，但仍缺乏完整的人物和情节。《孔雀东南飞》的故事性、戏剧性比《诗经》中的那些作品大大加强，体现了汉乐府对《诗经》叙事成分的发展，是我国文学史上现实主义诗歌发展的重要标志，开启了后世乐府叙事诗的先河，与同为叙事诗的《木兰辞》并称“乐府双璧”。

13

十五从军征

〔汉〕佚名

shí wǔ cóng jūn zhēng， bā shí shǐ dé guī。
十五从军征，八十始①得归。

dào féng xiāng lǐ rén： jiā zhōng yǒu ā shuí？
道逢②乡里人："家中有阿谁？"

yáo kàn shì jūn jiā， sōng bǎi zhǒng lěi lěi。
"遥看是君③家，松柏冢④累累⑤。"

tù cóng gǒu dòu rù， zhì cóng liáng shàng fēi。
兔从狗窦⑥入，雉⑦从梁⑧上飞。

zhōng tíng shēng lǚ gǔ， jǐng shàng shēng lǚ kuí。
中庭生旅⑨谷，井上生旅葵⑩。

chōng gǔ chí zuò fàn， cǎi kuí chí zuò gēng。
舂谷持作饭，采葵持作羹。

gēng fàn yì shí shú， bù zhī yí ā shuí。
羹饭一时熟，不知饴⑪阿谁。

chū mén dōng xiàng kàn， lèi luò zhān wǒ yī。
出门东向看，泪落沾我衣。

① 始：才。
② 道逢：在路上遇到。
③ 君：你，表示尊敬的称呼。
④ 冢：坟墓。
⑤ 累累：形容坟一个连一个的样子。
⑥ 狗窦：给狗出入的墙洞。
⑦ 雉：野鸡。
⑧ 梁：屋梁。
⑨ 旅：植物未经播种而野生叫旅生。
⑩ 葵：菜名，又叫冬葵，嫩叶可食。
⑪ 饴：同"贻"，赠送，给。

诗歌鉴赏

这是一首反映战争残酷、感叹民生疾苦的诗，但对于战场与战斗未着一字，只是写一个老兵自幼从军，经过多年的征战侥幸生还，回到故乡，才知亲人已经死尽，家园已成废墟荒冢。这是多么残酷的现实啊！诗歌没有抒情和议论，只是以极为平常的叙述口吻写了一个战争年代的典型事件，用简单的对话、简洁的情景描写，以及主人公采摘野菜做饭的平凡细节，为我们呈现了一幅极为感人的现实画面，并在其中蕴含了丰富的思想感情。

以诗观史

这首诗在《乐府诗集》中归入“横吹曲辞·梁鼓角横吹曲”，原题为“古诗”，可能出自汉代，后世采以入乐。这首诗同样是一首叙事诗，诗中人物自叙身世遭遇，充分暴露了古代社会不合理的兵役制度对劳动人民的摧残，表达了普通百姓对兵役制度的控诉，具有一定的史诗意义，很好地体现了汉乐府“感于哀乐，缘事而发”的传统。唐代诗人杜甫的《无家别》在很大程度上受到了这首诗的影响。

诗史时刻

《古诗十九首》

《古诗十九首》是一批汉代文人所作的诗，但作者并未留下姓名。这些诗不是一时一地一人所作，但是风格内容相近。南朝梁代萧统编《昭明文选》时，把这十九首风格相近的诗编在一起，并为其加上一个总题目“古诗十九首”。它代表了汉代文人五言诗的最高成就，被誉为“五言之冠冕”。

《古诗十九首》的创作背景

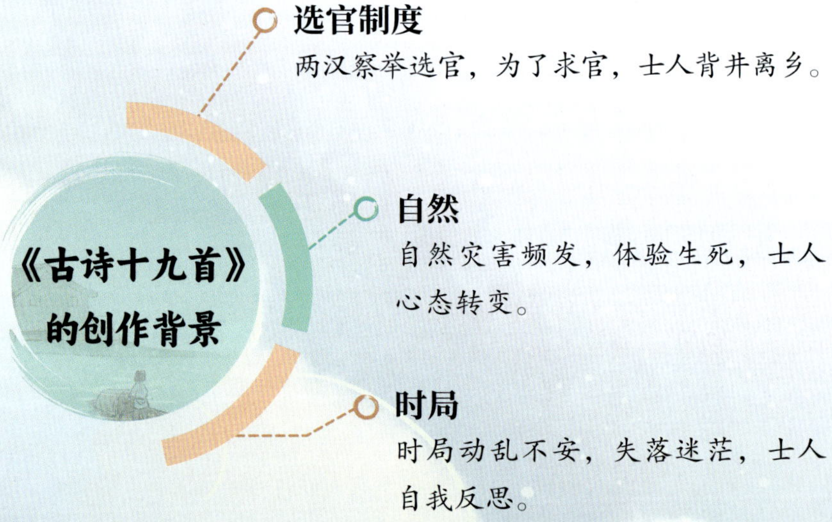

《古诗十九首》的主要内容

《古诗十九首》的主要内容

游子思妇的万般情怀

思妇诗

（1）久别相思之苦：《行行重行行》《庭中有奇树》《迢迢牵牛星》《明月何皎皎》《凛凛岁云暮》《青青河畔草》《冉冉孤生竹》

（2）忠贞不渝之情：《客从远方来》《孟冬寒气至》

游子诗

（1）游子思乡之情：《涉江采芙蓉》

（2）文人伤感之意：《去者日以疏》《明月皎夜光》《东城高且长》

（3）寻找知音之念：《西北有高楼》

（4）饮酒抒怀之慨：《青青陵上柏》

人生哲理的深刻揭示

哲理诗

士人体悟之思：《回车驾言迈》《生年不满百》《驱车上东门》《今日良宴会》

《古诗十九首》的艺术特色

《古诗十九首》的艺术特色

- **长于抒情，却不径直言之，委曲婉转、反复低回**
- **以起兴发端，多选择和时序有关的景观，顺势推衍**
- **采用情景交融、物我互化的笔法**
- **语言明白晓畅，有概括性和表现力**

14

迢迢牵牛星

〔汉〕佚名

tiáo tiáo qiān niú xīng jiǎo jiǎo hé hàn nǚ
迢迢[1]牵牛星[2]，皎皎[3]河汉女[4]。

xiān xiān zhuó sù shǒu zhá zhá nòng jī zhù
纤纤[5]擢[6]素[7]手，札札[8]弄[9]机[10]杼[11]。

zhōng rì bù chéng zhāng qì tì líng rú yǔ
终日不成章[12]，泣涕[13]零[14]如雨。

hé hàn qīng qiě qiǎn xiāng qù fù jǐ xǔ
河汉清且浅，相去[15]复几许[16]。

yíng yíng yì shuǐ jiān mò mò bù dé yǔ
盈盈[17]一水间，脉脉[18]不得语。

① 迢迢：遥远的样子。
② 牵牛星：指牛郎星，在银河之东，与织女星隔银河相对。
③ 皎皎：明亮的样子。
④ 河汉女：指织女星，在银河之西，与牵牛星隔银河相对。河汉，银河。
⑤ 纤纤：纤细柔长的样子。
⑥ 擢：举起，伸出。

⑦ 素：洁白。

⑧ 札札：织机发出的响声。

⑨ 弄：摆弄。

⑩ 机：指织布机。

⑪ 杼：织布机上的梭子。

⑫ 章：布帛上的花纹，代指布。

⑬ 涕：眼泪。

⑭ 零：落下。

⑮ 相去：相离，相隔。

⑯ 复几许：又能有多远。

⑰ 盈盈：清澈的样子。

⑱ 脉脉：相视无言的样子。

诗歌鉴赏

这首诗借用牛郎、织女被银河相隔而不得相见的故事，抒写民间男女不得团聚的愁苦心情。全诗主要从织女的角度叙述，十分巧妙。织女先是织布“不成章”，然后“泣涕零如雨”，最后“不得语”，充分表现了与爱人分离的悲苦。诗中有六句使用了叠音词，即“迢迢”“皎皎”“纤纤”“札札”“盈盈”“脉脉”。这些叠音词使这首诗音节和谐，质朴清丽，自然而贴切地表达了情思，一个饱受离愁之苦的女性形象跃然纸上。

以诗观史

这首诗出自《古诗十九首》，十九首诗的内容和风格相近，大都写游子思妇、宦途失意、人生短促，深刻地再现了汉末文人的思想转变和心灵的痛苦。以游子思妇为内容的诗约占十九首诗的一半，《迢迢牵牛星》就是这一题材的代表。此外，十九首诗都以五言写成，开后世文人五言诗先河，语言朴素自然，描写生动真切，具有浑然天成的艺术风格，被刘勰称为“五言之冠冕”，《迢迢牵牛星》很好地体现了五言诗的艺术特色。

魏晋南北朝诗歌

魏晋南北朝诗歌概说

魏晋南北朝诗歌通常指东汉末建安起，经三国、两晋、南北朝，一直到隋朝统一中国，约四百年间的诗歌。这一时期的大部分时间，社会处于分裂与战乱之中，动荡不安的社会环境与两汉时期大一统的社会局面有很大不同。这一时期的另一个特征是民族大融合，不同民族、不同文化激烈碰撞、交往、交流、交融，促进了中华文化海纳百川、包容发展。

魏晋南北朝是中国诗歌发展史上一个重要的阶段。这一时期确立了以文人为诗歌创作主体的传统，出现了以曹操、曹植、陶渊明、谢灵运、谢朓等为代表的一大批著名诗人文人；继《诗经》《楚辞》和汉乐府之后，魏晋南北朝的优秀诗人创造了文人诗歌的新的经典，这些经典成为唐、宋及元、明、清等后世诗人学习的对象。

诗史时刻

建安风骨

“建安”是东汉末年汉献帝的年号，此时政权掌握在曹操手中。建安文学实际上包括了建安年间和曹魏前期的文学，这一时期，以“三曹”为中心，“七子”竞逞才藻，有着鲜明的文学个性。政治理想的高扬、对人生短暂的哀叹、强烈的个性表现和浓郁的悲剧色彩，构成了这一时期的文学风格——建安风骨。建安风骨成为反对淫靡柔弱诗风的一面旗帜。

三曹

曹操

- **简介** 曹操（155—220），字孟德，汉末的权臣，曹魏政权的奠基者。
- **诗歌风格** 古直苍凉。
- **代表作品** 《蒿里行》《观沧海》《短歌行》

曹丕

- **简介** 曹丕（187—226），字子桓，曹操次子。
- **诗歌风格** 便娟婉约。
- **代表作品** 《燕歌行》《杂诗》

曹植

- **简介** 曹植（192—232），字子建，曹丕之弟。
- **诗歌风格** 文采风骨兼备。（骨气奇高，词采华茂。）
- **代表作品** 《白马篇》《梁甫行》

七子

七子

建安七子

孔融、王粲、阮瑀、刘桢、应玚、徐干、陈琳

七子之冠冕

王粲

七子的诗歌风格

情感深沉、慷慨悲壮；自伤情多、悲而不壮。

建安诗歌的时代特征

建安诗歌的时代特征

政治理想的高扬

（1）东汉末年的战乱使建安文人饱受离乱之苦，也激起了他们的政治热情，建功立业、扬名万世成为他们共同的价值追求。

（2）建安文人政治热情的普遍高扬与“悲风”意象的普遍使用，形成了当时诗歌“悲凉慷慨”的特点。

对人生短暂的哀叹

（1）社会动荡下生灵涂炭，疾疫流行，人多短寿。

（2）面对这短促而又多艰的人生，建安诗人采取了三种不同的态度：一是单纯的哀叹；二是慨叹功业未立而仍不懈追求；三是努力突破天命的限制，在有生之年追求更高的人生价值。

强烈的个性表现

（1）建安时代是文学自觉的时代，表现为三个方面：一是文学从广义的学术中分化出来，成为一个独立的门类；二是对文学的各种体裁有了比较细致的区分，并对其体制和风格特点有了较明确的认识；三是对文学的审美特性有了自觉的追求。

（2）建安时代是诗人创作个性高扬的时代，如曹操的四言诗独步一时，曹丕的《燕歌行》被誉为“七言之祖”。

浓郁的悲剧色彩

（1）由于“世积乱离，风衰俗怨”，建安诗歌带有浓郁的悲剧色彩。

（2）建安诗人处于时代与个人双重悲剧的交汇点上，敢于正视苦难与人生。

观沧海

〔三国魏〕曹操

dōng lín jié shí，yǐ guān cāng hǎi。
东临①碣石②，以观沧海。

shuǐ hé dàn dàn，shān dǎo sǒng zhì。
水何③澹澹④，山岛竦峙⑤。

shù mù cóng shēng，bǎi cǎo fēng mào。
树木丛生，百草丰茂。

qiū fēng xiāo sè，hóng bō yǒng qǐ。
秋风萧瑟，洪波⑥涌起。

rì yuè zhī xíng，ruò chū qí zhōng；
日月之行，若出其中；

xīng hàn càn làn，ruò chū qí lǐ。
星汉⑦灿烂，若出其里。

xìng shèn zhì zāi，gē yǐ yǒng zhì。
幸甚至哉⑧，歌以咏志。

① 临：到达，登上。

② 碣石：山名，在今河北昌黎西北。东汉建安十二年（207）秋天，曹操征乌桓得胜回师时经过此地。

③ 何：多么。
④ 澹澹：水波荡漾的样子。
⑤ 竦峙：耸立。竦，同"耸"，高。
⑥ 洪波：汹涌澎湃的波浪。
⑦ 星汉：银河。
⑧ 幸甚至哉：幸运得很，好极了。幸，幸运。至，达到极点。最后两句诗是诗歌合乐时所加的套语，与正文内容没有直接关系。

诗歌鉴赏

这是一首四言古体诗，全篇写景，借景抒情，诗中并无直抒胸臆的感慨之辞，而是把海上的景色和诗人自己的雄心壮志巧妙地融合在一起，诵读全诗，能感受到诗人寄托的深厚情怀。该诗创作于曹操北征乌桓胜利班师，途中登临碣石山之时。开篇"东临碣石，以观沧海"两句点明"观沧海"的位置：诗人登上碣石山顶，居高临海，视野寥廓，大海的壮阔景象尽收眼底。而后，诗人勾画了大海吞吐日月星辰、包蕴万千的壮丽景色，句句写景，又句句抒情。诗歌既表现了辽阔雄壮的沧海景色，也表现了诗人开阔的胸襟，抒发了诗人统一全国、建功立业的宏伟抱负。

以诗观史

从汉末到西晋这一段时期，诗歌的发展整体上继承了风骚的宗旨，诗人们自发地学习《诗经》《楚辞》。曹操的诗直接遵奉"言志"的诗教，并且在艺术上也多取法《诗经》，他的四言诗就是这样。《观沧海》在诗歌史上享有很高的地位，被视为"建安风骨"的代表作。这首诗以其磅礴的气势、丰富的想象、质朴的语言、苍凉悲壮的特点成为中国古代写景诗中的名篇，对后世的写景诗产生了深远的影响。

16

杂诗二首（其二）

〔三国魏〕曹丕

xī běi yǒu fú yún，tíng tíng rú chē gài。
西北有浮云，亭亭[1]如车盖[2]。

xī zāi shí bú yù，shì yǔ piāo fēng huì。
惜哉时不遇[3]，适[4]与飘风会。

chuī wǒ dōng nán xíng，xíng xíng zhì wú kuài。
吹我东南行，行行[5]至吴会[6]。

wú kuài fēi wǒ xiāng，ān néng jiǔ liú zhì。
吴会非我乡，安能久留滞[7]。

qì zhì wù fù chén，kè zǐ cháng wèi rén。
弃置勿复陈[8]，客子常畏人[9]。

① 亭亭：耸立而无所依靠的样子。
② 车盖：车篷。
③ 时不遇：没遇到好时机。
④ 适：正值，恰巧。
⑤ 行行：走了又走，这里是极言漂泊之远。
⑥ 吴会：指吴郡与会稽郡，今江、浙一带。
⑦ 滞：停留。
⑧ 弃置勿复陈：此为乐府诗套语。弃置，放在一边。陈，叙说。
⑨ 畏人：指客子漂泊无依，怕被他人所欺。

诗歌鉴赏

曹丕有《杂诗二首》，这是第二首。汉古诗多用浮云来写游子，这首诗开篇即言“浮云”，却不是为咏物而咏物，而是用比兴手法表现游子身处异乡的不安之感。但也很可能这里的“游子”不仅是一种意象，更是一种心象。曹丕借咏浮云以写游子之事，又以游子之漂泊异乡、客子畏人来写他内心的某种心事和心灵漂泊之感。人生的漂泊不仅仅在于形迹的漂泊，还常有心灵的漂泊。诗中的吴、会，即吴郡、会稽，当时为孙权所据，曹丕曾征吴而无功，此诗或许也寄托了他这方面的心事。

以诗观史

用“杂诗”为诗题始于建安时期。题为“杂诗”，等于无题，赋物言情都是比较自由的。建安时期的风气之一，是诗人喜作代言体诗，也就是揣摩客观人物的情怀，作诗代其抒情，曹丕是其中突出的一个。他的《于清河见挽船士新婚与妻别》是代新婚者抒情，《寡妇诗》是代阮瑀的遗孀抒情，《代刘勋妻王氏杂诗》是代弃妇抒情。《杂诗二首》也属于这一类，是代游子抒怀。它的高妙之处在于能真切地抒写出他乡游子的情怀与心境，其中自不免有作者自身的感受，却又不限于作者一身，这是与自抒己情的抒情诗不尽相同的。

梁甫行[1]

〔三国魏〕曹植

bā fāng gè yì qì， qiān lǐ shū fēng yǔ。
八方各异气[2]，千里殊[3]风雨。

jù zāi biān hǎi mín， jì shēn yú cǎo yě。
剧[4]哉边海民，寄身于草野[5]。

qī zǐ xiàng qín shòu， xíng zhǐ yī lín zǔ。
妻子[6]象[7]禽兽，行止[8]依林阻[9]。

chái mén hé xiāo tiáo， hú tù xiáng wǒ yǔ。
柴门[10]何萧条，狐兔翔[11]我宇[12]。

① 梁甫行：乐府曲名。梁甫，泰山下的一座小山。
② 异气：气候不同。
③ 殊：不同。
④ 剧：艰难。
⑤ 草野：野外、原野。一作“草墅”。
⑥ 妻子：妻子和儿女。
⑦ 象：后作“像”。

⑧ 行止：行动的踪迹。
⑨ 林阻：山林险阻之地。
⑩ 柴门：用树枝等物编成的门。
⑪ 翔：自在地行走。
⑫ 宇：房屋。

诗歌鉴赏

这首诗描述了边海百姓的艰难生活，深刻地反映了战乱时代百姓生活困苦不堪的惨痛景象，表现了作者对劳动人民的同情。全诗采用正面描写与侧面烘托的手法，开篇以“八方各异气，千里殊风雨”为“剧哉边海民”的衬托，各地的情况虽然不同，但最艰难困顿的要数“边海民”了。他们只能寄身于林莽中，与飞禽走兽生活在一起。边海贫民悲惨的生活图景跃然纸上，言简意赅，寓意深刻。

以诗观史

曹植的诗歌艺术代表了建安文学的最高成就。他的诗以五言为主，大都词采华茂，语言精练，情感热烈，慷慨动人。曹植前期生活环境安定，受父亲曹操宠爱，志得意满，诗中多写壮志；后期受到其兄曹丕的猜忌，颇受压抑与迫害，写出了一些反映人民疾苦的诗篇。建安诗人反映下层人民生活的作品极少，曹植对人民疾苦的深切同情，展现了他作为一位伟大诗人的社会责任感和人文关怀精神。

竹林七贤

魏晋易代时期，政治黑暗，文人们惨遭杀戮；正始（齐王曹芳的年号）时期的诗人，政治理想破灭，普遍出现危机感和幻灭感。受此影响，反映民生疾苦和抒发豪情的作品减少了，抒写个人忧愤的诗歌增多了；诗歌开始与玄理结合，由建安时期的慷慨悲壮变为词旨渊永、寄托遥深的正始之音，而竹林七贤就是这一时期的杰出代表。

竹林七贤

竹林七贤

名称由来

三国魏正始年间（240—249），嵇康、阮籍、山涛、向秀、刘伶、王戎及阮咸七人常在当时的山阳县（今河南焦作修武县）的竹林中喝酒、纵歌，肆意酣畅，世谓七贤，后与地名竹林合称为“竹林七贤”。

创作风格

竹林七贤的作品基本上继承了建安文学的精神，但由于当时的血腥统治，作家不能直抒胸臆，所以不得不采用比兴、象征、神话等手法，隐晦曲折地表达自己的思想感情。

七贤简介

嵇康

嵇康（约 224—约 263），字叔夜。长于四言诗，风度清峻，如《幽愤诗》《赠秀才入军》。

阮籍

阮籍（210—263），字嗣宗。建安以来第一个全力创作五言诗的人，长于政治抒情组诗，如《咏怀八十二首》。

山涛

山涛（205—283），字巨源。原与嵇康为好友，后来两人政见不合，嵇康曾有《与山巨源绝交书》一文，后人因此对山涛颇多鄙夷。

向秀

向秀（约 227—272），字子期。好老庄之学，曾注《庄子》。

刘伶

刘伶（约 221—约 300），字伯伦。嗜酒佯狂，唯著《酒德颂》一篇。

王戎

王戎（234—305），字濬冲。出身魏晋高门琅邪王氏，以精辟的品评著称，受阮籍赏识。

阮咸

阮咸（生卒年不详），字仲容。阮籍之侄，时人并称二人为“大小阮”。

18

咏怀八十二首（其一）

〔三国魏〕阮籍

yè zhōng bù néng mèi
夜中①不能寐，
qǐ zuò tán míng qín
起坐弹鸣琴。
bó wéi jiàn míng yuè
薄帷②鉴③明月，
qīng fēng chuī wǒ jīn
清风吹我襟。
gū hóng háo wài yě
孤鸿④号⑤外野，
xiáng niǎo míng běi lín
翔鸟⑥鸣北林。
pái huái jiāng hé jiàn
徘徊将何见？
yōu sī dú shāng xīn
忧思独伤心。

① 夜中：中夜，半夜。
② 薄帷：薄薄的帐幔。
③ 鉴：照。
④ 孤鸿：失群的大雁。
⑤ 号：鸣叫，哀号。
⑥ 翔鸟：飞翔盘旋着的鸟。鸟在夜里飞翔是因为月明。

诗歌鉴赏

阮籍有《咏怀》诗八十二首，这首诗在八十二首中具有“诗序”的性质，为全部《咏怀》诗奠定了基调。这首诗表达了诗人内心愤懑、悲凉、落寞、忧虑等复杂的感情。不过，尽管诗人发出“忧思独伤心”的长叹，却始终没有把“忧思”直接说破，而是“直举情形色相以示人”，将内心的情绪含蕴在形象的描写中。冷月清风、旷野孤鸿、深夜不眠的弹琴者，将无形的“忧思”化为直观的形象，展现在人的眼前耳畔。这首诗采用动静相形的手法，取得了独特的艺术效果，言近旨远，寄托幽深，耐人寻味。

以诗观史

正始年间，司马氏逐渐掌权，与曹魏统治者展开激烈的斗争，政局异常黑暗，文人多受迫害，如嵇康因拒绝与司马氏合作，惨遭杀害。当时的诗坛风气也由建安时期的慷慨悲壮变为词旨渊永。阮籍诗多用比兴，隐晦难解，这是特定的时代、险恶的政治环境及诗人独特的遭遇造成的。对于司马氏政权，他不愿合作，但也不如嵇康那样直接拒绝，而是采取了虚与委蛇的态度，纵酒佯狂，不问世事。他把寓藏在内心、无由发泄的痛苦与愤懑以隐晦曲折的形式在诗中倾泻出来，于是有了《咏怀八十二首》。这些诗非一时一地所作，而是其政治感慨的记录，开创了中国诗歌史上政治抒情组诗的先河，感慨深至，格调高浑，是千古杰作，使阮籍成为正始时代最重要的诗人。

四言赠兄秀才入军诗十八首（其十四）

〔三国魏〕嵇康

xī tú lán pǔ， mò mǎ huà shān。
息徒兰圃①，秣马②华山。

liú bō píng gāo， chuí lún cháng chuān。
流磻③平皋④，垂纶⑤长川。

mù sòng guī hóng， shǒu huī wǔ xián。
目送归鸿，手挥五弦⑥。

fǔ yǎng zì dé， yóu xīn tài xuán。
俯仰自得，游心太玄⑦。

jiā bǐ diào sǒu， dé yú wàng quán。
嘉彼钓叟，得鱼忘筌⑧。

yǐng rén shì yǐ， shuí yǔ jìn yán？
郢⑨人逝矣，谁与尽言？

① 兰圃：有兰草的野地。
② 秣马：饲马。
③ 磻：用生丝做绳系在箭上射鸟叫作弋，在系箭的丝绳上加系石块叫作磻。
④ 皋：水边地。这句是说在皋泽之地弋鸟。
⑤ 垂纶：指垂钓。
⑥ 五弦：乐器名，似琵琶而略小。
⑦ 太玄：指宇宙天道。“游心太玄”，是说心中对于道有所领会。
⑧ 筌：捕鱼竹器名。
⑨ 郢：古地名，春秋时楚国的都城。

诗歌鉴赏

嵇康有《四言赠兄秀才入军诗十八首》，这是一组赠给其兄嵇喜的四言古诗，基本内容就是描写与朋友相携于山水，自然方旷，体悟玄思的生活情致。这首诗是组诗的第十四首，以简洁优美的语言描绘了一幅田园生活的画卷，通过垂钓、远望、弹琴等场景，展现出诗人内心的宁静、对生活的热爱。这首诗一般被理解为描写嵇喜从军后行军途中休息时领略山水乐趣的情景，但也可被理解为诗人怀念兄弟二人昔日与朋友一起游览山水、领略自然风光的生活。

以诗观史

嵇康是正始时代重要的思想家和文学家，他激烈地反抗司马氏的残暴统治，痛恨虚伪的“名教”，并给以辛辣的讽刺。嵇康长于散文，文章嬉笑怒骂，文字泼辣，而诗歌以四言为佳，能脱出《诗经》藩篱，直抒胸臆，风格俊雅雄秀，这都与他“刚肠疾恶，轻肆直言，遇事便发”的性格特点密切相关。这首诗是其四言诗中的名篇，是较早将老庄哲理融会于日常生活的作品。诗中情、景、理圆融地结合在一起，是魏晋玄学名士生活境界与精神旨趣的高度融合，后来成为哲理诗的典范。

诗史时刻

『陶谢』和山水田园诗

“陶谢”是东晋末年和南朝初期的两位著名诗人陶渊明和谢灵运的并称。

陶渊明（365—427），字元亮，又名潜，自号“五柳先生”，后人又称他为“靖节先生”。

谢灵运（385—433），东晋著名将领谢玄的孙子，十八岁袭爵为康乐公，人称“谢康乐”。

田园诗与山水诗往往并称，其实它们是两类不同的题材。田园诗主体是写农村的生活、农夫和农耕，兼写农村的风景；山水诗主体是写自然风景，写诗人对山水的审美，因而往往和出游联系在一起。陶渊明的诗作多以田园为题材，语言朴实自然；而谢灵运的诗作则多刻画山水，讲究辞藻与对偶，风格崇尚绮丽。

陶渊明的田园诗

田园诗是陶渊明为中国诗歌增添的一种新的题材。以自己的田园生活为内容，并真切地写出躬耕之甘苦，陶渊明是第一人。

陶渊明的田园诗，或通过田园景物的恬美、田园生活的简朴来表现自己悠然自得的心境，如《归园田居（其一）》；或写躬耕的生活体验，如《归园田居（其三）》；或写自己的穷困和农村的凋敝，如《归园田居（其四）》。

谢灵运的山水诗

山水原是东晋盛行的玄言诗的重要成分，后来谢灵运为排遣政治上的失意写下了大量山水诗，山水描写从玄言诗中独立出来，谢灵运则成为确立山水诗派的第一位著名诗人。但后人也常批评，谢灵运的山水诗后面常拖着玄言的“尾巴”，而其后被称为“小谢”的谢朓则完全摆脱了玄言诗的影响，使山水诗达到了更完整的艺术境界。

陶渊明的典型意义

陶渊明的典型意义

- **士大夫的精神家园**
- **菊与酒成为士大夫的典型意象**

谢灵运山水诗的特色

谢灵运山水诗的特色

- **从写意到摹象**
  与陶渊明不同，谢灵运注重写客观山水，追求“极物以写貌”。

- **从启发性到写实性**
  陶诗注重言外之意，谢灵运更注重语言的写实性，显示出高超的语言驾驭能力。

饮酒二十首（其五）

〔东晋〕陶渊明

jié lú zài rén jìng, ér wú chē mǎ xuān.
结庐[1]在人境[2]，而无车马喧[3]。

wèn jūn hé néng ěr? xīn yuǎn dì zì piān.
问君[4]何能尔[5]？心远地自偏。

cǎi jú dōng lí xià, yōu rán jiàn nán shān.
采菊东篱下，悠然[6]见[7]南山。

shān qì rì xī jiā, fēi niǎo xiāng yǔ huán.
山气[8]日夕[9]佳，飞鸟相与还[10]。

cǐ zhōng yǒu zhēn yì, yù biàn yǐ wàng yán.
此中有真意，欲辨已忘言[11]。

① 结庐：建造房舍。结，建造、构筑。庐，简陋的房屋。
② 人境：喧嚣扰攘的尘世。
③ 车马喧：指世俗交往的喧扰。
④ 君：指作者自己。
⑤ 尔：如此、这样。
⑥ 悠然：闲适淡泊的样子。
⑦ 见：看见。
⑧ 山气：山间的云气。
⑨ 日夕：傍晚。
⑩ 相与还：结伴而归。相与，即相交，结伴。
⑪ 欲辨已忘言：想要分辨清楚，却已经忘了怎样表达。

诗歌鉴赏

陶渊明有《饮酒二十首》，这是第二首。这首诗表现了诗人摒弃浑浊的世俗功名，回归自然并陶醉其中，乃至步入“得意忘言”之境的人生态度和生命体验。全诗以“心远”为纲领，分三层揭示“心远”的内涵。开头四句写身居“人境”，但精神超脱世俗的虚静忘世；中段四句写静观周围景物，沉浸自然韵致的物化忘我；最后两句又深进一层，写“心”在物我浑化之中体验到了难以言传的生命真谛。这首诗从虚静忘世，到物化忘我，再到得意忘言，层层推进，是陶渊明适意自然的人生哲学和其返璞归真的诗歌风格最深邃、最充分的体现。

以诗观史

《饮酒二十首》是陶渊明辞官归隐田园后创作的一组诗。具体写作时间没有明确交代，后人有认为这是他归隐不久之作，也有认为这是陶渊明五十四岁时的作品。这组诗虽然题目为“饮酒”，但内容并非仅写饮酒，其实仍属于魏晋“杂诗”的一种，沿袭魏晋诗歌的古朴作风而进入了更纯熟的境地。陶渊明将“自然”提升为一种美的至境，将魏晋玄言诗所表达的老庄玄理改为日常生活中的哲理，使诗歌与日常生活相结合，成功开创了田园诗这种新题材。他的田园诗大多自然深至，亲切有味。

21

归园田居五首（其三）

〔东晋〕陶渊明

zhòng dòu nán shān xià, cǎo shèng dòu miáo xī
种豆南山下，草盛豆苗稀[1]。
chén xīng lǐ huāng huì, dài yuè hè chú guī
晨兴[2]理荒秽[3]，带月荷锄[4]归。
dào xiá cǎo mù cháng, xī lù zhān wǒ yī
道狭[5]草木长，夕露沾我衣。
yī zhān bù zú xī, dàn shǐ yuàn wú wéi
衣沾不足惜，但使愿无违。

① 稀：稀少。
② 兴：起床。
③ 荒秽：指豆田里的杂草。
④ 荷锄：扛着锄头。荷，扛着。
⑤ 狭：狭窄。

⑥ 草木长：草木生长茂盛。
⑦ 夕露：傍晚的露水。
⑧ 足：值得。
⑨ 但使愿无违：只要不违背自己的意愿就行了。但，只。愿，指向往田园生活，“不为五斗米折腰”，不与世俗同流合污的意愿。违，违背。

诗歌鉴赏

陶渊明有《归园田居五首》，这是第一首。全诗短短八句，在四十个字的小空间里表达出了深刻的思想内容：既描写了诗人隐居之后躬耕劳动的情景，侧面表现出他随心所欲、自由自在的境界，又反映出他不追求所谓“正道”而追求自然的无拘无束。古代士大夫肯于扛起锄头，早出晚归地劳动，并非易事。诗人不擅长农耕，种植的作物稀少而野草繁盛，以致道路两旁的草木露水沾湿衣服。但诗人在本诗后四句书写出了自己的坚持：他决心执着地追求真善美的理想，与现实社会、污浊官场决裂，所以“夕露沾衣”也就不足为“惜”了。

以诗观史

晋安帝义熙元年（405）十一月，陶渊明自彭泽归隐。这首诗大约作于次年，诗人时年四十二岁。“归园田”就是从仕途归隐田园。东汉张衡有《归田赋》，陶渊明的“归园田”“归田”等词可能正取自《归田赋》。陶渊明的辞赋代表作《归去来兮辞》也是在这样的心境下写出来的，实为中国古代田园文学的经典与绝唱。士大夫亲身参与农耕，并用诗写出农耕劳动体验的，陶渊明是第一人，这首诗就是这方面的代表。

晚登三山还望京邑①

〔南齐〕谢朓

bà sì wàng cháng ān，hé yáng shì jīng xiàn
灞②涘望长安，河阳③视京县④。

bái rì lì fēi méng，cēn cī jiē kě jiàn
白日丽⑤飞甍⑥，参差皆可见。

yú xiá sàn chéng qǐ，chéng jiāng jìng rú liàn
余霞散成绮⑦，澄江⑧静如练⑨。

xuān niǎo fù chūn zhōu，zá yīng mǎn fāng diàn
喧鸟覆春洲，杂英⑩满芳甸⑪。

qù yǐ fāng zhì yín，huái zāi bà huān yàn
去矣方⑫滞淫⑬，怀哉罢欢宴。

jiā qī chàng hé xǔ，lèi xià rú liú xiàn
佳期怅⑭何许，泪下如流霰⑮。

yǒu qíng zhī wàng xiāng，shuí néng zhěn bú biàn
有情知望乡，谁能鬒⑯不变⑰？

① 晚登三山还望京邑：三山，山名，在今南京西南长江南岸。京邑，指南朝的都城建康（今南京）。

② 灞：水名，源出陕西蓝田，流经长安城东。

③ 河阳：故城在今河南孟州西。

④ 京县：指西晋都城洛阳。

⑤ 丽：这里表示“照射使……色彩绚丽”的意思。

⑥ 飞甍：上翘如飞翼的屋脊。甍，屋脊。

⑦ 绮：有花纹的丝织品，锦缎。

⑧ 澄江：清澈的江水。

⑨ 练：洁白的绸子。

⑩ 杂英：各色的花。

⑪ 甸：郊野。

⑫ 方：将。

⑬ 滞淫：久留，淹留。

⑭ 怅：惆怅。

⑮ 霰：雪珠。

⑯ 鬒：黑发。

⑰ 变：这里指变白。

诗歌鉴赏

这首诗书写了诗人登山临江见到的春晚之景以及遥望京师引起的故乡之思。全诗十四句，前两句交代离京之事，领起望乡之意；中六句写景，描绘登山所望见的景色；后六句写情，抒发人生感慨。其中“余霞散成绮，澄江静如练”是千古传诵的名句。诗人将京邑的黄昏写得如此明丽美好，毫无苍凉暗淡之感，渲染了他对故乡的热爱，使诗中所表现的游宦怀乡之情并无感伤意味。

以诗观史

谢朓（464—499），字玄晖，与山水诗的鼻祖谢灵运同族，诗作受到谢灵运的深远影响。两人都善于模山范水，被世人并称为“大小谢”。谢朓的山水诗沿袭谢灵运前半篇写景、后半篇抒情的程式，但其抒情大多缺乏健举的风力，往往直陈其意。尽管如此，谢朓剪裁景物功力独到，其山水诗风格清丽，情韵自然，标志着山水诗在艺术上的成熟，对五言诗的律化影响甚大。所谓诗歌的“律化”，就是诗歌从自由体发展到合于规范的格律体的趋势，包括讲究声律和文字的对偶两个方面。在魏晋以后，我国的音韵学有了新的发展，人们发现了汉语有平、上、去、入四种声调。谢朓、沈约等活跃于南朝齐梁永明诗坛的诗人创作的诗歌讲究声律，对仗工整，被称为“永明体”。“永明体”对唐代律诗、绝句的形成有重要影响。

南北朝民歌

南北朝乐府民歌是继汉乐府民歌之后以比较集中的方式出现的又一批人民口头创作。虽是同一时代的产物，但由于南北的长期对峙，南北民歌也呈现出不同的色彩和情调。

南朝民歌清丽缠绵，更多地反映了人民真挚纯洁的爱情生活，以抒情诗《西洲曲》为代表；北朝民歌粗犷豪放，广泛地反映了北方动乱不安的社会现实和人民的生活风习，以叙事诗《木兰诗》为代表。

南朝民歌

类型

（1）吴歌

（2）西曲

内容

（1）水乡景物

（2）市井气息

特色

（1）体制小巧。

（2）多为五言四句。

（3）语言清新自然。

（4）大量使用双关语，如“莲”与“怜”。

代表作品

《西洲曲》：“南风知我意，吹梦到西洲。”

《子夜歌》：“自从别郎来，何日不咨嗟。”

北朝民歌

内容

（1）北国草原的辽阔壮美，如《敕勒歌》。

（2）沙场征战的艰苦生活，如《陇上歌》。

（3）羁旅行役和流亡生活，如《陇头歌辞》。

（4）爱情与婚姻，如《折杨柳歌辞》。

特色

（1）直率朴素。

（2）刚健豪放。

23

木兰诗

〔北朝〕佚名

唧唧[1]复唧唧，木兰当户织。不闻机杼声[2]，唯闻女叹息。

问女何所思，问女何所忆[3]。女亦无所思，女亦无所忆。昨夜见军帖[4]，可汗[5]大点兵[6]，军书十二卷[7]，卷卷有爷[8]名。阿爷无大儿，木兰无长兄，愿为市鞍马[9]，从此替爷征。

东市买骏马，西市买鞍鞯[10]，南市买辔头[11]，北市买长鞭。旦辞爷娘去，暮宿黄河边，不闻爷娘唤女声，但闻黄河流水鸣溅溅[12]。旦辞黄河去，暮至黑山头，不闻爷娘唤女声，但闻燕山胡骑鸣啾啾。

万里赴戎机[13]，关山度若飞[14]。朔气传金柝[15]，寒光照铁衣[16]。将军百战死，壮士十年归。

归来见天子，天子坐明堂[17]。策勋十二转[18]，赏赐百千强[19]。可汗问所欲，木兰不用尚书郎[20]，愿驰千里足[21]，送儿还故乡。

爷娘闻女来，出郭[22]相扶将[23]；阿姊闻妹来，当户理红妆；小弟闻姊来，磨刀霍霍[24]向猪羊。开我东阁门，坐我西阁床。脱我战时袍，著[25]我旧时裳。当窗理云鬓[26]，对镜帖[27]花黄[28]。出门看火伴[29]，火伴皆惊忙：同行十二年，不知木兰是女郎。

xióng tù jiǎo pū shuò， cí tù yǎn mí lí ㉚； shuāng tù bàng dì zǒu，
雄兔脚扑朔，雌兔眼迷离㉚；双兔傍地走，

ān néng biàn wǒ shì xióng cí
安能辨我是雄雌㉛？

① 唧唧：叹息声。一说为纺织机的声音。
② 机杼声：织布机发出的声音。
③ 忆：思念，惦记。
④ 军帖：军中的文告。
⑤ 可汗：古代西北地区民族对最高统治者的称呼。
⑥ 大点兵：大规模征兵。
⑦ 军书十二卷：征兵的名册很多卷。十二，表示很多，不是确指。下文的“十二转”“十二年”，用法与此相同。
⑧ 爷：和下文的“阿爷”一样，都指父亲。
⑨ 愿为市鞍马：愿意为此去买鞍马。市，买。鞍马，泛指马和马具。
⑩ 鞯：马鞍下的垫子。
⑪ 辔头：驾驭牲口用的嚼子和缰绳。
⑫ 溅溅：水流声。
⑬ 万里赴戎机：远行万里，投身战事。戎机，战事。
⑭ 关山度若飞：像飞一样地越过一道道的关塞山岭。度，越过。
⑮ 朔气传金柝：北方的寒气传送着打更的声音。朔，北方。金柝，古时军中白天用来烧饭、夜里用来打更的器具。
⑯ 铁衣：铠甲。
⑰ 明堂：古代帝王举行大典的朝堂。
⑱ 策勋十二转：记很大的功。策勋，记功。转，勋级每升一级叫一转。
⑲ 赏赐百千强：赏赐很多的财物。强，有余。
⑳ 尚书郎：尚书省的官。尚书省是古代朝廷中管理国家政事的机关。
㉑ 愿驰千里足：希望骑上千里马。
㉒ 郭：外城。
㉓ 扶将：扶持。
㉔ 霍霍：磨刀的声音。
㉕ 著：穿。
㉖ 云鬓：像云那样的鬓发，形容好看的头发。
㉗ 帖：同“贴”。
㉘ 花黄：古代妇女的一种面部装饰物。
㉙ 火伴：军中的同伴。当时规定若干士兵同一个灶吃饭，所以称“火伴”。

㉚“雄兔”二句：据说，提着兔子的耳朵悬在半空时，雄兔两只前脚时时动弹，雌兔两只眼睛时常眯着，所以容易辨认。扑朔，动弹。迷离，眯着眼。

㉛“双兔”二句：雄雌两兔贴近地面跑，怎能辨别哪只是雄兔、哪只是雌兔呢？傍，靠近。走，跑。

诗歌鉴赏

这是一首讲述女英雄木兰代父从军的长篇叙事诗，塑造了木兰这一不朽的人物形象。诗中刻画的木兰既是奇女子又是普通人，既是巾帼英雄又是平民少女，既是娇美的女儿又是矫健的勇士。她勤劳善良又坚毅勇敢，淳厚质朴又机敏活泼，热爱亲人又报效国家，不慕高官厚禄而热爱和平生活。全诗以“木兰是女郎”来构思木兰的传奇故事，富有浪漫色彩；详略安排极具匠心，虽然写的是战争题材，但着墨较多的却是生活场景和儿女情态，富有生活气息；以人物问答及铺陈、排比、对偶、互文等手法描述人物情态，刻画人物心理，生动细致，神气跃然，富有艺术感染力。

以诗观史

这首诗在《乐府诗集》中归入“横吹曲辞·梁鼓角横吹曲”，北朝民歌大部分都保存在“梁鼓角横吹曲”中。所谓横吹曲，是当时北方民族一种在马上演奏的军乐，因为演奏的乐器有鼓有角，所以也叫“鼓角横吹曲”。战争是北朝社会最突出的现象，整个北朝的历史几乎与战争相终始，《木兰诗》作为北朝民歌的杰出代表，正是这种时代环境的产物。就性质而言，《木兰诗》属于民间叙事诗，具有民间说唱的性质，大概出于北魏，但可能经过隋唐文人的润色修改。就诗体而言，这首诗以五言为主，夹有七言和九言，体现了北朝民歌句式长短错落的特点。

24

敕勒歌

〔北朝〕佚名

敕勒[1]川[2]，阴山[3]下，天似穹庐[4]，笼盖[5]四野[6]。

天苍苍[7]，野茫茫[8]，风吹草低见[9]牛羊。

①敕勒：北齐时居朔州（今山西北部）的民族。

②川：平川、平原。当时把今河套平原至土默川一带称为“敕勒川”。

③阴山：在今内蒙古自治区北部。

④穹庐：用毡布搭成的帐篷，即蒙古包。

⑤笼盖：一作“笼罩”。

⑥四野：草原的四面八方。

⑦天苍苍：天蓝蓝的。

⑧茫茫：辽阔无边的样子。

⑨见：同“现”，显现。

诗歌鉴赏

这首北朝民歌勾勒出了北国草原壮丽富饶的风光，抒写了敕勒人热爱家乡与生活的豪情。诗歌的音调雄壮，语言无晦涩难懂之句，短短二十七个字便浅近明快、酣畅淋漓地勾勒出游牧民族骁勇豪迈的生活图景与精神面貌，艺术概括力极强。诗歌的意境极其阔大恢宏，具有鲜明的游牧民族的色彩，散发着浓郁的草原气息。这首民歌从语言到意境可谓浑然天成，具有质直朴素、意韵真淳的特色。

以诗观史

这首民歌艺术形式独特，《乐府诗集》认为“其歌本鲜卑语，易为齐言，故其句长短不齐”。这首民歌不仅体现了诗歌艺术最基本、最本质、最纯粹的美学追求，而且在表达上强调了音乐与词语的结合，使得其音乐性和艺术性更加突出。此外，它在布局、结构、风格、表现手法上都成功地吸收了汉诗的优长，又保持了北方民族诗歌语言的节奏和独特粗犷的个性，是民族间文化互相影响、南北诗风互相融合的实证，被誉为“北方民歌之冠”，为古代诗歌的发展注入了新的活力。

唐代诗歌

唐代诗歌概说

唐代诗歌，盛世之韵，波澜壮阔，蔚为大观。

初唐时，陈子昂高标风骨，一扫六朝浮艳。玄宗开元年间，国力强盛，疆域阔大，文化活跃，造就盛唐气象。王维、孟浩然以山水田园诗为标，绘就自然之美，清新脱俗。李白横空出世，被誉为“诗仙”，其诗篇奔放不羁，意境深远，飘逸若仙。杜甫紧随其后，诗风沉郁顿挫，关注社会民生，其诗被誉为“诗史”。李白与杜甫被誉为唐代诗坛双璧。玄宗天宝年间发生的安史之乱是唐代由盛转衰的转折点，一般被视作

中唐的起点。中唐时期，白居易倡导新乐府运动，主张“文章合为时而著，歌诗合为事而作”，创作的作品深受百姓喜爱。元稹（zhěn）、张籍等亦随之响应，平易浅显的新乐府诗风盛行一时。晚唐时期，李商隐、杜牧的诗歌情深意远，风格独特。李商隐擅长用典，诗篇含蓄深沉；杜牧则豪放不羁，以咏史抒怀见长。此外，温庭筠、韦庄等花间派词人以婉约细腻见长，丰富了晚唐诗歌的多样性。

总之，唐代的诗歌，历经初唐、盛唐、中唐、晚唐四个阶段，百花齐放，各具特色。伟大诗人层出不穷，诗歌流派竞相涌现，共同成就了中国古代诗歌的巅峰时代。

初唐四杰

何谓“四杰”

初唐诗坛多为歌功颂德、柔靡纤弱的宫廷诗，使唐诗面貌真正开始明显改观，能够在诗作中反映社会中下层一般士人的精神风貌与创作追求的是王勃、杨炯、卢照邻、骆宾王四位诗人，他们被称为“初唐四杰”。其中卢、骆长于歌行，王、杨长于五律。

王勃

简介：

王勃（约650—676），字子安。“四杰”中才气最大、成就较高的一个。擅长五言律诗和五言绝句。

代表作品：

《送杜少府之任蜀州》《滕王阁序》

杨炯

简介：

杨炯（650—约693）。年幼时聪敏博学，善作文章。擅长诗歌和散文。

代表作品：

《从军行》《战城南》

卢照邻

简介：

卢照邻（约636—695），字升之，自号幽忧子。擅长诗歌和骈文。

代表作品：

《长安古意》《行路难》

骆宾王

简介：

骆宾王（约638—684），字观光。七岁时因随口吟成《咏鹅》一诗，被誉为神童。擅长歌行体诗歌。

代表作品：

《帝京篇》《于易水送人》

“四杰”的诗风

“四杰”的诗风

“四杰”才高位卑，心中郁积着不甘居下的雄杰之气，怀着变革文风的自觉意识，追求着共同的审美情趣。

“四杰”反对纤巧绮靡，提倡刚健骨气，开拓了诗歌的题材，诗歌内容也由宫廷转向百姓生活、边塞生活。

“四杰”作诗，重视抒发一己情怀，作不平之鸣，有一种慷慨悲凉的壮伟气势与感人力量。

“四杰”的不足

“四杰”之诗虽有风骨，但也没有完全摆脱当时流行的宫廷诗的影响，不免有雕琢繁缛之病。

送杜少府之任蜀州①

〔唐〕王勃

chéng què fǔ sān qín, fēng yān wàng wǔ jīn
城阙辅三秦②，风烟望五津③。

yǔ jūn lí bié yì, tóng shì huàn yóu rén
与君离别意，同是宦游④人。

hǎi nèi cún zhī jǐ, tiān yá ruò bǐ lín
海内存知己，天涯若比邻。

wú wéi zài qí lù, ér nǚ gòng zhān jīn
无为⑤在歧路⑥，儿女共沾巾⑦。

① 送杜少府之任蜀州：少府，官名，县尉的别称。蜀州，今四川崇州。

② “城阙”句：意思是三秦辅卫着长安。城阙，指长安。三秦，指关中地区。项羽灭秦后，把秦故地分封给秦王朝的三名投降的将领，故关中地区被称为“三秦”。

③ 五津：指岷江上的五个渡口，即白华津、万里津、江首津、涉头津、江南津。这里代指蜀州。

④ 宦游：离家出游以求仕宦。

⑤ 无为：不要。

⑥ 歧路：岔路口。古人送行常在大路分岔口告别。

⑦ 儿女共沾巾：指像小儿女那样哭湿了巾帕。

诗歌鉴赏

这是一首送别诗。唐代从长安到蜀地，路途遥远，关山险阻。诗人送友人赴蜀地任职，却没有伤感之情，而是立足于三秦大地眺望五津风烟，一笔扫过两地之间的漫长距离。作为行者的友人与作为送别者的诗人同是宦游人，对离愁别绪自然有深切的体味。但诗人胸襟开阔，在表达“离别意”时另转出一层深思：只要同在海内，必定长为知己，这是彼此不能为地理空间阻隔的深厚友情。诗歌既是对友人体贴的劝慰，又显露出大丈夫莫效儿女情长的豪气。“海内存知己，天涯若比邻”是以成为千古名句。

以诗观史

王勃身处初唐，在那个时候，我们所熟悉的律诗其实尚未成熟，但王勃这首诗已是一首基本合格的五言律诗，体现出了诗体的流变与发展。离别诗在五代到唐初的诗歌中十分常见，但这些诗歌抒情内容单调，形成了借助景物渲染离情别绪的定式。王勃这首送别诗全无景物烘托，立意高远，情感新鲜，境界宏阔，是一种离别诗的新变，对后世影响深远。所以，明代的诗论家胡应麟称赞它“终篇不着景物，而兴象宛然，气骨苍然”。

春江花月夜

〔唐〕张若虚

chūn jiāng cháo shuǐ lián hǎi píng, hǎi shàng míng yuè gòng cháo shēng
春江潮水连海平，海上明月共潮生。

yàn yàn suí bō qiān wàn lǐ, hé chù chūn jiāng wú yuè míng
滟滟①随波千万里，何处春江无月明。

jiāng liú wǎn zhuǎn rào fāng diàn, yuè zhào huā lín jiē sì xiàn
江流宛转绕芳甸②，月照花林皆似霰③。

kōng lǐ liú shuāng bù jué fēi, tīng shàng bái shā kàn bú jiàn
空里流霜不觉飞，汀上白沙看不见。

jiāng tiān yí sè wú xiān chén, jiǎo jiǎo kōng zhōng gū yuè lún
江天一色无纤尘，皎皎空中孤月轮。

jiāng pàn hé rén chū jiàn yuè, jiāng yuè hé nián chū zhào rén
江畔何人初见月，江月何年初照人。

rén shēng dài dài wú qióng yǐ, jiāng yuè nián nián wàng xiāng sì
人生代代无穷已，江月年年望相似。

bù zhī jiāng yuè dài hé rén, dàn jiàn cháng jiāng sòng liú shuǐ
不知江月待何人，但见长江送流水。

bái yún yí piàn qù yōu yōu, qīng fēng pǔ shàng bú shèng chóu
白云一片去悠悠，青枫浦④上不胜愁。

shuí jiā jīn yè piān zhōu zǐ, hé chù xiāng sī míng yuè lóu
谁家今夜扁舟子，何处相思明月楼[5]。

kě lián lóu shàng yuè pái huái, yīng zhào lí rén zhuāng jìng tái
可怜楼上月徘徊，应照离人妆镜台。

yù hù lián zhōng juǎn bú qù, dǎo yī zhēn shàng fú huán lái
玉户帘中卷不去，捣衣砧上拂还来。

cǐ shí xiāng wàng bù xiāng wén, yuàn zhú yuè huá liú zhào jūn
此时相望不相闻[6]，愿逐月华[7]流照君。

hóng yàn cháng fēi guāng bú dù, yú lóng qián yuè shuǐ chéng wén
鸿雁长飞光不度，鱼龙潜跃水成文。

zuó yè xián tán mèng luò huā, kě lián chūn bàn bù huán jiā
昨夜闲潭梦落花，可怜春半不还家。

jiāng shuǐ liú chūn qù yù jìn, jiāng tán luò yuè fù xī xié
江水流春去欲尽，江潭落月复西斜。

xié yuè chén chén cáng hǎi wù, jié shí xiāo xiāng wú xiàn lù
斜月沉沉藏海雾，碣石[8]潇湘[9]无限路。

bù zhī chéng yuè jǐ rén guī, luò yuè yáo qíng mǎn jiāng shù
不知乘月几人归，落月摇情满江树[10]。

① 滟滟：形容水光。

② 芳甸：花草遍地的郊野。

③ 霰：白色不透明的小冰粒。

④ 青枫浦：地名，在今湖南浏阳南。浦，水边。

⑤ 明月楼：思妇的闺楼。

⑥ 相望不相闻：指游子思妇同望明月，却无法传递音信。

⑦ 月华：月光。

⑧ 碣石：山名，在渤海边上。

⑨ 潇湘：潇水和湘江，两水在湖南零陵合流后称“潇湘”。碣石潇湘泛指天南地北。

⑩ “落月”句：落月牵动着离人的别愁，将光辉洒满江畔的林木。

诗歌鉴赏

这是一首长篇歌行，诗人将春、江、花、月、人几个主题词错落变化，创造出情景交融、玲珑透彻的诗境。诗歌前半段写江月永恒与生命短暂的对比：时间如长江水不断流去，眼前的春江月夜昭示着宇宙悠久、人生短暂的永恒矛盾。但诗人提出了“人生代代无穷已，江月年年望相似”的新颖见解，指出虽然个人的生命短暂，但人类代代相沿的历史却与宇宙同在，体现了初盛唐开明进取的时代精神。诗歌后半段延续了汉魏以来七言歌行的创作传统，在男女相思之情、游子飘零之感的抒写中寄寓了人生聚短离长的感触。结尾的残月满江与开篇的月出海上相呼应，留下了不尽的回味和惆怅。

以诗观史

张若虚（约 660—约 720）为初盛唐交接时的诗人，大致与陈子昂同时登上诗坛，今存诗仅两首，但一首《春江花月夜》便“孤篇盖全唐”。“春江花月夜”原是陈后主创作的乐府清商曲旧题，一般是四句或六句五言，为浮华艳丽的宫体诗，而张若虚首次以七言歌行的形式写作此题，实现了体制的创新，同时突破了宫体诗的狭小天地，将真切的生命体验融入美的意象，创造出空明纯美的诗境，表明唐诗意象的创造已进入炉火纯青的阶段，为盛唐诗的到来做了艺术上的充分准备，因此这首诗被闻一多誉为“诗中的诗，顶峰上的顶峰”。歌行这种诗体发展较慢，它出自汉乐府中以“行”为题的诗，曹丕的七言诗《燕歌行》是早期歌行的雏形，南朝宋时鲍照第一个大量写作七言诗，为七言歌行在唐代的成熟奠定了基础。初唐四杰中的卢照邻、骆宾王擅长歌行，张若虚继卢、骆之后，进一步发展了七言歌行。

登幽州台歌[1]

〔唐〕陈子昂

qián bú jiàn gǔ rén
前不见古人，

hòu bú jiàn lái zhě
后不见来者。

niàn tiān dì zhī yōu yōu
念[2]天地之悠悠[3]，

dú chuàng rán ér tì xià
独怆然[4]而涕[5]下。

① 登幽州台歌：幽州台，即蓟北楼，又称黄金台，故址在今北京西南。相传战国时燕昭王在易水东南筑台，上面放着千金，用来招揽天下贤士。
② 念：想到。
③ 悠悠：形容时间的久远和空间的广大。
④ 怆然：悲伤的样子。
⑤ 涕：眼泪。

诗歌鉴赏

在这首短诗中，诗人感叹自己生不逢时，没有遇上能够礼贤下士的贤明君主，没有遇上一个赏识他、同他一起建功立业的人。当登台远眺时，只见宇宙茫茫，不禁感到孤单寂寞，悲从中来，怆然泪下。全诗没有局限于政治失意的牢骚之中，而是把孤独寂寞之感、纵观古今历史的慷慨悲凉之情，化为一种天高地广、苍茫空旷的意境，在一无所有的背景上突出了诗人独立于悠远时空中的高大形象，概括了古往今来无数志士仁人在困厄境遇中的激愤不平。

以诗观史

陈子昂（661—702），字伯玉，是初唐诗歌史上的关键人物，被元代诗论家方回赞为“唐诗之祖”。这首诗是陈子昂随建安王武攸宜出征的时候写的，当时他不得重用，观燕国旧都，城池霸迹已然湮没，于是用燕国史事发为吟咏。全诗没有对幽州台做一字描写，而只写登台的感慨，却成为千古名篇。诗篇风格明朗刚健，是具有“汉魏风骨”的唐代诗歌的先驱之作，对扫除齐梁浮艳纤弱的形式主义诗风具有开创作用。

诗史时刻

『王孟』与山水田园诗派

山水田园诗派

盛唐时期的诗歌流派。继承了魏晋南北朝时期陶渊明的田园诗创作与谢灵运的山水诗创作，以反映田园生活、描绘山水景物为主要内容。

代表诗人

山水田园诗派以王维、孟浩然为代表，因此也称“王孟诗派”。除此以外，还有储光羲、常建、祖咏、裴迪等人。

王维

简介：

王维（约 701—761），字摩诘。他受母亲影响，参禅悟理，有“诗佛”之称。

诗歌风格：

王维在山水田园诗派中成就最高。他多创作山居歌咏作品，开创了“诗中有画，画中有诗”的诗境，展现了空明境界和宁静之美。

代表作品：

《山居秋暝》《终南别业》《秋夜独坐》《辋川集二十首》等。

孟浩然

简介：

孟浩然（689—740），名不详，字浩然，因一生未入仕，被称为“孟山人”。

诗歌风格：

孟浩然的乘舟行吟之作贴近自己的生活。其诗虽有刻画雕琢之痕迹，但自然平淡是他诗歌的突出风格。

代表作品：

《过故人庄》《春晓》《宿建德江》等。

其他诗人

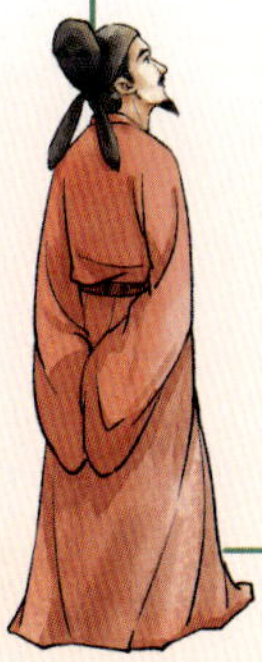

- 裴迪曾与王维一起隐居终南山，受王维的影响很大，作品有《华子冈》等。
- 储光羲一生坎坷，作品有《杂咏五首》等。
- 张子容与孟浩然的风格一致，作品有《送孟浩然归襄阳》等。
- 常建的成就颇高，其诗风与王维相近，作品有《题破山寺后禅院》等。

过故人庄①

〔唐〕孟浩然

gù rén jù jī shǔ yāo wǒ zhì tián jiā
故人具②鸡黍③，邀我至田家。

lǜ shù cūn biān hé qīng shān guō wài xié
绿树村边合④，青山郭⑤外斜。

kāi xuān miàn cháng pǔ bǎ jiǔ huà sāng má
开轩⑥面⑦场圃⑧，把酒⑨话桑麻⑩。

dài dào chóng yáng rì huán lái jiù jú huā
待到重阳日⑪，还来就菊花⑫。

① 过故人庄：拜访老朋友的田庄。
② 具：备办。
③ 黍：黄米。
④ 合：环绕。
⑤ 郭：这里指村庄的外墙。
⑥ 轩：窗户。
⑦ 面：面对。
⑧ 场圃：场，打谷场。圃，菜园。
⑨ 把酒：端着酒杯，指饮酒。
⑩ 话桑麻：闲谈农务。
⑪ 重阳日：指九月初九重阳节。古人有在这一天登高、饮菊花酒的习俗。
⑫ 就菊花：前来赏菊。

诗歌鉴赏

这是一首写田园生活的五言律诗，描写作者在故人田庄做客时看到的田园风光和宾主间的友谊。诗中的绿树、青山、村舍、场圃、桑麻，构成一幅优美的田园风景画，而宾主的欢笑和关于农务的闲谈，都仿佛萦绕在读者耳边。主人招待的热情，客人做客的愉悦，都跃然纸上。诗歌通过田家留饮的生活场景，将一个普通的村庄和一餐简单的鸡黍饭写得极富诗意，如话家常般把景、事、情完美地结合在一起，浅易省净，朴素自然。

以诗观史

孟浩然是盛唐山水田园诗的代表作家，他生活在唐朝的开元盛世，但却是一个盛世隐士，大部分时间过着隐居生活，终身未仕，只是短暂做过张九龄的幕僚。他追慕陶渊明躬耕田园的高尚情操，但同时也怀有盛唐经世济民的时代理想，他的另一首名作《望洞庭湖赠张丞相》就体现了这一点。孟浩然诗风清淡，长于写景，其作品多反映山水田园和隐逸、乘舟漫游等内容。这首《过故人庄》是唐代以来田园诗中的佳作，突出体现了孟浩然田园诗贴近生活的特点。孟浩然现存诗歌中五律最多，他对五律的发展有重要贡献，这首诗也是孟浩然五律的代表作。

山居秋暝①

〔唐〕王维

kōng shān xīn yǔ hòu， tiān qì wǎn lái qiū。
空山新雨后，天气晚来秋。

míng yuè sōng jiān zhào， qīng quán shí shàng liú。
明月松间照，清泉石上流。

zhú xuān guī huàn nǚ， lián dòng xià yú zhōu。
竹喧归浣女②，莲动下渔舟③。

suí yì chūn fāng xiē， wáng sūn zì kě liú。
随意④春芳歇⑤，王孙自可留⑥。

①山居秋暝：暝，日落时分，天色将晚。
②“竹喧”句：竹林里一片喧闹声，是洗衣的女子归来了。浣女，洗衣物的女子。
③“莲动”句：水面上莲叶摇动，是渔舟从上流划下来了。
④随意：自然而然地。
⑤春芳歇：春花春草凋谢。
⑥“王孙”句：秋色仍然很美，王孙自可留在山中，不必归去。王孙，原指贵族子弟，此处指诗人自己。

诗歌鉴赏

这首五言律诗描写秋天傍晚雨后的山村风景。首联点出季节、时间和环境，简明直白的十个字与山中秋色同样清新疏淡，却令人直接呼吸到了雨后清爽湿润而略带凉意的空气。诗人兼画家的王维在构图取景方面的功力深厚：“明月松间照”从天上写，选取月和松的关系勾出这幅画的背景；“清泉石上流”从地下写，泉水流过山溪中的白石，令人想见水的清澈以及清响；“竹喧归浣女”从岸上写、从听觉写；“莲动下渔舟”从水里写、从视觉写。最后直抒在此隐居的心愿，足见山中美景是多么令人留恋。

以诗观史

王维活跃于唐开元年间。开元十五年前后是盛唐诗风形成的关键期。过去由宫廷文人主持诗坛的局面，逐渐被各种诗人群体的争奇斗艳所取代，诗歌创作“既多兴象，复备风骨”。从开元十五年到开元二十二年是山水田园诗的创作高峰期，王维是其中的代表。与当时许多想建功立业以扬名不朽的才士一样，王维早年对功名亦充满热情和向往，他的早期作品，如《使至塞上》等便体现了积极进取的人生态度。后来王维在终南山和辋川半官半隐，笃志奉佛，他的山水田园诗基本出于这一时期，也是这些诗歌奠定了他在诗史上的地位。他擅长绘画，“诗中有画，画中有诗”是其诗歌最突出的艺术特色，这首《山居秋暝》就像一幅清新秀丽的山水画，是其诗歌艺术的代表。

使至塞上①

〔唐〕王维

dān chē yù wèn biān, shǔ guó guò jū yán.
单车②欲问边③，属国④过居延⑤。

zhēng péng chū hàn sài, guī yàn rù hú tiān.
征蓬⑥出汉塞，归雁入胡天。

dà mò gū yān zhí, cháng hé luò rì yuán.
大漠孤烟⑦直，长河⑧落日圆。

xiāo guān féng hòu qí, dū hù zài yān rán.
萧关⑨逢候骑⑩，都护⑪在燕然⑫。

① 使至塞上：奉命出使边塞。使，出使。
② 单车：一辆车，表明此次出使随从不多。
③ 问边：慰问边关守军。
④ 属国：典属国的简称。汉代称负责民族事务的官员为典属国。诗人在这里用来借指自己的使者身份。
⑤ 居延：地名，在今甘肃张掖北。这里泛指辽远的边塞地区。
⑥ 征蓬：飘飞的蓬草，古诗中常用来比喻远行之人。
⑦ 孤烟：指烽烟。
⑧ 长河：黄河。
⑨ 萧关：古关名，故址在今宁夏固原东南。
⑩ 候骑：负责侦察、巡逻的骑兵。
⑪ 都护：官名，汉代始置，唐代边疆设有大都护府，其长官称大都护。这里指前线统帅。
⑫ 燕然：山名，东汉车骑将军窦宪大破北匈奴，登燕然山刻石记功而返。

诗歌鉴赏

这是一首描绘边塞风光的五律名作。诗人奉命出使边塞，慰问边关军队，将要独自经过居延州。征车已出关塞，雁归胡天，塞外天地寥廓。颈联是王维的名句，从大漠与孤烟、长河与落日的几何形状及其相互垂直的关系着眼，以“大”“直”“长”“圆”这些没有色彩的字，勾勒出几笔粗线条的速写，极写辽阔之境界。无边的大漠上，一缕孤烟，“直”字更显大漠之宽广；日“圆”与长河，互相映衬，道理相同。征人终于在萧关遇到侦察的骑兵，才知道都护还在更远的地方。刻石燕然历来是将帅们的最高志向，因此末句双关，既点出前程尚远的辛苦，又表达了赞誉军队大捷的美意。

以诗观史

学术界惯常将李白、杜甫以外的盛唐诗人大致分为山水田园诗派与边塞诗派两派，这种划分是相对的。山水田园诗人的创作思想倾向、题材内容以描写山水田园闲适生活为主，但并非只写山水田园。这首诗是王维早期的名作，正是一首以边塞为内容的诗歌。唐玄宗开元二十四年（736），唐朝边塞发生战争。开元二十五年（737）春，河西节度使崔希逸带领军队取得大捷。唐玄宗命王维以监察御史的身份奉使凉州，出塞宣慰，察访军情。这首诗即作于此次出塞途中。这首诗与《山居秋暝》一样，代表了王维融画入诗的高超艺术，但与清新疏淡的《山居秋暝》及王维的山水田园诗不同的是，它充满了少年意气和浪漫热情。

31

黄鹤楼[1]

〔唐〕崔颢

xī rén yǐ chéng huáng hè qù， cǐ dì kōng yú huáng hè lóu。
昔人[2]已乘黄鹤去，此地空余黄鹤楼。

huáng hè yí qù bú fù fǎn， bái yún qiān zǎi kōng yōu yōu。
黄鹤一去不复返，白云千载空悠悠[3]。

qíng chuān lì lì hàn yáng shù， fāng cǎo qī qī yīng wǔ zhōu。
晴川[4]历历[5]汉阳[6]树，芳草萋萋[7]鹦鹉洲[8]。

rì mù xiāng guān hé chù shì， yān bō jiāng shàng shǐ rén chóu。
日暮乡关[9]何处是，烟波江上使人愁。

① 黄鹤楼：旧址在湖北武昌黄鹄矶上，下临长江。
② 昔人：指传说中骑鹤飞去的仙人。一说三国时蜀汉的费祎曾在此楼乘鹤登仙，一说仙人王子安曾乘黄鹤经过这里。
③ 悠悠：飘飘荡荡的样子。
④ 晴川：晴日里的原野。川，平川、原野。
⑤ 历历：分明的样子。
⑥ 汉阳：地名，今湖北武汉的汉阳区，与黄鹤楼隔江相望。
⑦ 萋萋：草木茂盛的样子。
⑧ 鹦鹉洲：长江中的小洲，在黄鹤楼东北。
⑨ 乡关：故乡。

诗歌鉴赏

这是一首令黄鹤楼享誉天下的七言律诗。前四句感叹昔日仙人已乘黄鹤而去，黄鹤楼早已人去楼空，千年来只有白云悠悠如故。两用“黄鹤”，两用“白云”，以复沓递进的句法，造成两层意思的回环，增强了咏叹不已的情味。与怀古之遐想相对的，是从黄鹤楼上俯瞰的眼前景象：隔江相望的汉阳城边，树木丛生；武昌江中的鹦鹉洲上，芳草茂密。这种视觉感受把诗人从遐想中拉回现实：暮色降临，烟波苍茫，不由得百感交集，乡愁油然而生。

以诗观史

崔颢（？—754），主要活动于开元年间。南宋严羽《沧浪诗话》曾说：“唐人七言律诗，当以崔颢《黄鹤楼》为第一。”五律到初唐时已经比较成熟了，但七言律诗与歌行体一样，都是由南朝齐梁七言古诗发展而来的，所以早期七律的结构和声调仍与乐府歌行非常相似，对偶较为散漫，音节舒展悠远，便于全诗层叠反复地抒情。此诗前半首的回环递进的句法和悠扬流畅的声情，与黄鹤杳然、白云悠然的意境相得益彰，浑然天成，更能触发人们关于宇宙之间人事代谢的感慨和怅惘。这种艺术效果非刻意所为，也非后世诗人所能模仿，乃是七律在进化过程中，从初唐到盛唐这一特殊阶段自然形成的声情韵调。

凉州词二首（其一）[1]

〔唐〕王之涣

huáng hé yuǎn shàng bái yún jiān， yí piàn gū chéng wàn rèn shān。
黄河远上白云间，一片孤城万仞[2]山。
qiāng dí hé xū yuàn yáng liǔ， chūn fēng bú dù yù mén guān。
羌笛[3]何须怨杨柳，春风不度玉门关[4]。

① 凉州词：唐代乐府曲名，是歌唱凉州一带边塞生活的歌词。
② 仞：古时八尺或七尺叫作一仞。
③ 羌笛：一种乐器。羌是我国古代西北地区的民族。
④ 玉门关：在今甘肃敦煌西，是当时凉州的最西境。

诗歌鉴赏

这是一首写塞外荒寒壮阔景象的七言绝句。在有的版本中，首句作“黄沙直上白云间”，哪一种更好，也引起过不少争论。“黄沙”固然写实，但用“黄河远上”则超出实际的视野，以黄河来自天边，远远地与白云融成一片的高远境界作为背景，更突出了崇山峻岭中只有一座孤城的荒凉感，想象空间更为广阔，更富有诗意。凉州本来春意就少，玉门关外连春风都吹不过去。然而“春风不度”正说明春天已至，只是玉门关几乎不见春意而已，于是这一点初春的消息便更令人向往了。

以诗观史

王之涣（688—742），字季凌，是盛唐时年辈较长的诗人，他的存诗很少，这首绝句却极为著名，以至有“旗亭画壁”的故事传世。据唐人薛用弱《集异记》记载，开元年间，王昌龄、高适、王之涣三人在旗亭共饮，有伶官妙伎在一旁奏乐，演唱当时流传的七绝。三人各自在墙壁上画记号，记录自己的诗被唱入歌中的次数。王昌龄、高适各有几首绝句入歌，但最后才艺最佳的那位伶伎唱的却是王之涣此诗。可见其当时流传之广。

33

芙蓉楼送辛渐二首（其一）①

〔唐〕王昌龄

hán yǔ lián jiāng yè rù wú，píng míng sòng kè chǔ shān gū。
寒雨连江夜入吴②，平明③送客楚山④孤。

luò yáng qīn yǒu rú xiāng wèn，yí piàn bīng xīn zài yù hú。
洛阳亲友如相问，一片冰心⑤在玉壶。

① 芙蓉楼送辛渐：芙蓉楼，故址在今江苏镇江北，下临长江。辛渐，王昌龄的朋友，当时拟由润州渡江，北上洛阳。
② 吴：镇江在古代属于吴地。
③ 平明：天刚亮。
④ 楚山：泛指长江中下游北岸的山。长江中下游北岸在古代属于楚地范围。
⑤ 冰心：像冰一样晶莹、纯洁的心。

诗歌鉴赏

这是一首送别题材的七言绝句。芙蓉楼在润州西北，登临可俯瞰长江，遥望江北。夜雨悄然而来，笼罩着吴地江天。清晨，诗人在江边与友人辛渐告别。眼前水天相连，平添了离人心头的寒意。苍莽迷蒙的平野之上，孤峙的楚山显得分外突兀。诗人托辛渐给洛阳亲友带去的口信不是通常的竹报平安，而是告诉亲友自己的心仍然像一块纯洁清明的冰盛在玉壶中，也就是自己依然冰清玉洁，坚持操守。全诗即景生情，融情入景，笔调苍凉，意境开阔。

以诗观史

王昌龄（约 698—约 757），字少伯，因曾任江宁丞，被称为“王江宁”，是盛唐开元年间“位卑而名著”的诗人，当时即有“诗家天子王江宁”之称。这首诗是王昌龄的七绝名篇。初唐的七绝创作整体成就不高，到了盛唐，王昌龄专力于此，成就最高。明代的王世贞讨论盛唐七绝，认为只有王昌龄可与李白争胜，也有人将他誉为“七绝圣手”。王昌龄善写离情别绪，但重点不是描写别恨的深浅。当时，王昌龄因不拘小节引致谤议，被贬为江宁丞，处于众口交毁的恶劣环境中。他写送别，却以玉壶冰心告慰亲友。玉壶冰的用典源于南朝诗人鲍照，盛唐以来，王维、李白、崔颢等都曾以冰壶自励。此外，王昌龄也是重要的边塞诗人，其边塞诗慷慨豪迈，气势雄浑，格调高昂，后人将他视为边塞诗的创始者和先驱。

『高岑』与边塞诗派

定义

边塞诗派为盛唐时期的诗歌流派。多描写边塞战争和边塞风土人情，以及战争带来的各种矛盾，如离别、思乡、闺怨等。诗歌形式多为七言歌行和五、七言绝句。诗风悲壮，格调雄浑，最足以表现盛唐气象。

边塞诗在汉魏六朝时已经出现，至隋代数量不断增多，初唐四杰和陈子昂又进一步予以发展，到盛唐则全面成熟。

代表诗人

边塞诗派以高适、岑参成就最高，因此也称“高岑诗派”，除此以外还有王昌龄、李颀（qí）、王之涣、王翰等。

高适

简介：

高适（约 702—765），字达夫。他曾受河西节度使哥舒翰赏识，在其幕府中担任掌书记，亲身体验过边塞的生活。

诗歌风格：

高适的边塞诗在反映现实的深度上有所开拓，是根据自己亲临边塞的实际生活体验写成的。他常从政治家的角度来看待问题，以政论的笔调表达自己对战争的意见，同时流露出对士兵的同情，具有夹叙夹议、气势沉雄的特点。

岑参

简介：

岑参（715—770），出仕后两次从军边塞，因曾任嘉州刺史，被称为“岑嘉州”。

诗歌风格：

岑参最擅长七言歌行，多以诗人的敏感去描绘战斗生活和边塞风光，其诗富有浪漫主义的特色，气势雄伟，想象丰富，热情奔放。

燕歌行

〔唐〕高适

hàn jiā yān chén zài dōng běi
汉家[1]烟尘[2]在东北，
hàn jiàng cí jiā pò cán zéi
汉将辞家破残贼。
nán ér běn zì zhòng héng xíng
男儿本自重横行，
tiān zǐ fēi cháng cì yán sè
天子非常赐颜色[3]。
chuāng jīn fá gǔ xià yú guān
摐[4]金[5]伐鼓下榆关[6]，
jīng pèi wēi yí jié shí jiān
旌[7]旆[8]逶迤[9]碣石间。
xiào wèi yǔ shū fēi hàn hǎi
校尉羽书[10]飞瀚海[11]，
chán yú liè huǒ zhào láng shān
单于[12]猎火照狼山。
shān chuān xiāo tiáo jí biān tǔ
山川萧条极边土，
hú qí píng líng zá fēng yǔ
胡骑凭陵[13]杂风雨。
zhàn shì jūn qián bàn sǐ shēng
战士军前半死生，
měi rén zhàng xià yóu gē wǔ
美人帐下犹歌舞。
dà mò qióng qiū sài cǎo féi
大漠穷秋塞草腓[14]，
gū chéng luò rì dòu bīng xī
孤城落日斗兵稀。

shēn dāng ēn yù héng qīng dí
身当恩遇恒轻敌，
lì jìn guān shān wèi jiě wéi
力尽关山未解围。
tiě yī yuǎn shù xīn qín jiǔ
铁衣远戍辛勤久，
yù zhù yīng tí bié lí hòu
玉箸[15]应啼别离后。
shào fù chéng nán yù duàn cháng
少妇城南欲断肠，
zhēng rén jì běi kōng huí shǒu
征人蓟北[16]空回首。
biān tíng piāo yáo nǎ kě dù
边庭飘飖那可度，
jué yù cāng máng wú suǒ yǒu
绝域[17]苍茫无所有。
shā qì sān shí zuò zhèn yún
杀气三时[18]作阵云，
hán shēng yí yè chuán diāo dǒu
寒声一夜传刁斗[19]。
xiāng kàn bái rèn xuè fēn fēn
相看白刃血纷纷，
sǐ jié cóng lái qǐ gù xūn
死节从来岂顾勋！
jūn bú jiàn shā chǎng zhēng zhàn kǔ
君不见沙场征战苦，
zhì jīn yóu yì lǐ jiāng jūn
至今犹忆李将军[20]。

①汉家：借指唐王朝。
②烟尘：喻指边境发生战争。
③非常赐颜色：特别礼遇。
④㧐：撞击。
⑤金：铃、钲一类军中所用铜质响器。
⑥榆关：即山海关，在今河北秦皇岛东北。
⑦旌：杆头饰有羽毛的旗帜。
⑧旆：大旗。
⑨逶迤：绵长宛曲，这里形容行军队伍绵延之状。
⑩羽书：调兵遣将的紧急文书，上插羽毛表示紧急。
⑪瀚海：沙漠。
⑫单于：古代匈奴人对首领的称呼。
⑬凭陵：逼压。
⑭腓：枯萎。
⑮玉箸：玉制的筷子。这里比喻思妇的涕泪。
⑯蓟北：指唐时蓟州（今天津市蓟州区以北地区）。
⑰绝域：极其遥远荒僻的地方。
⑱三时：晨、午、晚，即一整天。
⑲刁斗：军用铜器，白天用以煮饭，夜里用以打更。
⑳李将军：指汉代名将李广。

诗歌鉴赏

这是一首有感于征戍之事的边塞诗，虽是针对蓟北边事而发，却并非专指当时的某次战役，而是融合高适本人游历蓟北的见闻，高度概括了唐代征战生活的各个方面。诗歌开篇交代出征男儿意气昂扬，敌方来势凶猛。接着，诗人笔锋一转，从汉家军营中提炼出“战士军前半死生，美人帐下犹歌舞”的典型情景，揭露了军中苦乐不均的现象，尖锐地指出上层将领的骄淫正是汉军长期不能获胜的根本原因。诗末回忆汉代名将李广，这一结尾看似盛唐边塞诗的常套，但在本诗中针对不恤战士的轻敌将领，尤见讽刺意味。

以诗观史

自从曹丕的《燕歌行》最早以七言诗的形式表现游子思妇之情以来，在漫长的汉魏六朝时期，“燕歌行”一直延续着同类的主题，直到南朝梁陈时期才和边塞题材相结合，但仍以表现征人思妇的相思之情为主。到了高适这里，“燕歌行”吸收了其他描写边境战争的南北朝乐府诗内容，完全转变成有感于“征戍之事”的边塞诗。边塞诗在盛唐蔚为壮观，但高适的创作独具价值。他有着极强的用世之心，在两次出塞的亲身经历中，对广大戍边士卒的生活有较深入的了解，能以冷静清醒的政治家目光看待、分析边塞战争的问题，因而他的边塞诗有较为深广的内容，突破了边塞诗只写边地苦寒和士卒劳苦的传统格局，极大地丰富和拓宽了边塞诗的内容范围。

35

白雪歌送武判官归京[1]

〔唐〕岑参

běi fēng juǎn dì bái cǎo zhé, hú tiān bā yuè jí fēi xuě.
北风卷地白草[2]折，胡天[3]八月即飞雪。

hū rú yí yè chūn fēng lái, qiān shù wàn shù lí huā kāi.
忽如一夜春风来，千树万树梨花开。

sàn rù zhū lián shī luó mù, hú qiú bù nuǎn jǐn qīn bó.
散入珠帘[4]湿罗幕，狐裘不暖锦衾薄[5]。

jiāng jūn jiǎo gōng bù dé kòng, dū hù tiě yī lěng nán zhuó.
将军角弓[6]不得控[7]，都护[8]铁衣冷难着[9]。

hàn hǎi lán gān bǎi zhàng bīng, chóu yún cǎn dàn wàn lǐ níng.
瀚海阑干[10]百丈冰[11]，愁云惨淡[12]万里凝。

zhōng jūn zhì jiǔ yìn guī kè, hú qín pí pa yǔ qiāng dí.
中军[13]置酒饮[14]归客，胡琴[15]琵琶与羌笛。

fēn fēn mù xuě xià yuán mén, fēng chè hóng qí dòng bù fān.
纷纷暮雪下辕门[16]，风掣[17]红旗冻不翻[18]。

lún tái dōng mén sòng jūn qù, qù shí xuě mǎn tiān shān lù.
轮台东门送君去，去时雪满天山路。

shān huí lù zhuǎn bú jiàn jūn, xuě shàng kōng liú mǎ xíng chù.
山回路转不见君，雪上空留马行处。

① 白雪歌送武判官归京：判官，官名，是节度使、观察使一类官吏的僚属。武判官，生平不详。京，这里指长安（今陕西西安）。

② 白草：一种牧草，干熟时变为白色。

③ 胡天：指西域的天空。

④ 珠帘：用珍珠缀成的帘子。与下面的“罗幕（丝绸制作的帐幕）”一样，是美化的说法。

⑤ 锦衾薄：织锦被都显得单薄了。

⑥ 角弓：一种以兽角做装饰的弓。

⑦ 控：拉开（弓弦）。

⑧ 都护：唐朝镇守边疆的长官。
⑨ 着：穿。
⑩ 阑干：纵横交错的样子。
⑪ 百丈冰：形容沙碛上冰层之厚。
⑫ 惨淡：暗淡。
⑬ 中军：指主将。
⑭ 饮：宴请。
⑮ 胡琴：泛指西域的琴。
⑯ 辕门：领兵将帅的营门。古时的车，车前有两根驾牲畜的直木，称为“辕”。驻军时用两车的辕木相向，交叉作为营门。
⑰ 掣：拉，扯。
⑱ 翻：飘动。

诗歌鉴赏

这是一首描写在边塞送别的长篇歌行，但是以咏雪为主线，在八月飞雪的绚丽奇观中，抒写了诗人客中送别的愁绪和久戍思归的心情。北风席卷大地，原野上的白草被吹折。刚到八月，胡地就飞起了大雪，引起了诗人“忽如一夜春风来，千树万树梨花开”的浪漫想象。但诗篇很快就回到了严寒的现实，“湿罗幕”“锦衾薄”“不得控”“冷难着”“百丈冰”“万里凝”“冻不翻”，从不同角度层层渲染飞雪给军营带来的严寒以及行人雪中行走的艰难。虽然最后的视线落在行人的足迹上，但诗人久久伫立在风雪中凝望归路的身影却如在眼前。

以诗观史

岑参在天宝初年中进士后，曾经两次到边塞任职。一次是749年至751年，在安西（今新疆库车）节度使高仙芝幕府中任掌书记。一次是在754年，担任安西、北庭（今新疆吉木萨尔）节度使封常清的判官。天宝后期，唐帝国内政已极腐败，但在安西边塞，兵力依然相当强大。岑参的边塞诗就是在这样的形势下产生的。他的边塞诗多用长篇歌行的体裁，每首集中一个主题，将各种见闻和经历分成一组组画面，加以深入细致的描绘，打破了初唐边塞诗笼统铺叙、内容庞杂的格局，创造了主题专一的边塞歌行。除了此诗，《走马川行奉送封大夫出师西征》《轮台歌奉送封大夫出师西征》等都是这类作品中的杰作。

李白

李白（701—762），字太白，号青莲居士，有“诗仙”之称。

李白的生平

▶ 少年时期

李白的少年时期是在隐居与漫游、神仙道教信仰与任侠中度过的。

▶ 开元十四年（726）

李白开始了新的漫游兼求仕的历程。

▶ 天宝元年（742）

李白奉诏入京，供奉翰林。

▶ 天宝三载（744）

李白被赐金放还，离开长安，开始了新的漫游，在洛阳遇到了杜甫、高适等，并与之唱和。

▶ 天宝十四载（755）

安史之乱爆发后，李白蒙冤入狱，后于上元二年病死于当涂李阳冰家，时年 62 岁。

李白的思想

盛唐士人积极入世、进取的人生态度，在李白身上被理想化了。李白在现实生活中多次遭受打击，但他却始终保持着自负、豁达、昂扬的精神风貌。

李白人格的突出特点是独立不羁。他四处漫游，企慕神仙，追求逍遥自在的人生境界。其不少诗篇表现出人生如梦、及时行乐的思想。

李白的诗歌

▶ 绝句

1. 李白的五言绝句往往有一种明快爽朗的格调，以明白晓畅的语言表现出无尽的情思韵味，如《独坐敬亭山》《劳劳亭》。

2. 李白的七言绝句以山水诗和送别诗为多，诗中常有以古入律、自由发挥的特点，融入了乐府歌行开合随意而以气贯穿的表现手法，如《望庐山瀑布》《望天门山》《早发白帝城》等。

▶ 乐府诗

1. 李白继承了汉魏乐府感于哀乐、缘事而发的优良传统，这主要体现在他大力拟作古乐府的创作中。

①一是借古题写现事，具有鲜明的时代精神，如《出自蓟北门行》等，均是表达作者对现实的感受，具有深刻的寓意和寄托。

②二是用古题写己怀，因旧题乐府蕴含的主题和曲名本事，在某一点上引发了作者的感触，以此来抒发自己怀抱，如《蜀道难》《行路难》《将进酒》。

2. 李白把自己的个性气质融入乐府创作中，以第一人称的抒怀和议论表达主体感受，完全打破了传统乐府用赋体叙事的写法，并形成了一种奔腾回旋的动感。

▶ 歌行体

1. 李白的歌行创作成就比乐府高，代表作有《梦游天姥吟留别》与《宣州谢朓楼饯别校书叔云》。

2. 李白的歌行完全打破了诗歌创作的一切固有格式，空无依傍，笔法多变，笔势大开大合，达到了随性而摇曳的神奇境界。

艺术特色

▶ 主观色彩

李白的诗歌侧重写豪迈气概和激昂情怀，很少对客观物象和具体事件做细致的描述；洒脱不羁的气质、傲世独立的人格、易于触动而又易爆发的强烈感情，形成了李白诗歌喷发式的抒情特色。

▶ 想象特色

与喷发式感情表达方式相结合的是李白诗歌变幻莫测、发想无端的想象，主要表现为诗中兼有吞吐山河、包孕日月的壮美意象与清新明丽的优美意象，其意象的衔接不仅异乎寻常，而且是大跨度的。

地位影响

1. 杜甫推崇其为“清新庾开府，俊逸鲍参军”。李白对后世的影响，主要是他诗歌中所表现出的人格力量与个性魅力。

2. 李白气挟风雷的诗歌创作，充满了发兴无端的澎湃激情和神奇想象，既有气势浩瀚、变幻莫测的壮观奇景，又有标举风神情韵而自然天成的明丽意境，美不胜收。李白的魅力，就是盛唐的魅力。

杜甫

杜甫（712—770），字子美，号少陵野老，有“诗圣”之称，与李白并称“李杜”，其诗则被称为“诗史”。

杜甫的生平

▶ 壮游

杜甫自小深受儒家致君尧舜、仁民爱物思想的影响，在盛唐度过了一段南北漫游、裘马轻狂的青年生活。

▶ 求仕

天宝五载，杜甫到长安谋求仕途，历经十年辛酸，这对杜甫一生的创作有重大影响，这期间他写出了《兵车行》《丽人行》与《自京赴奉先县咏怀五百字》等名篇。

▶ 陷乱

安史之乱时，杜甫陷入贼兵之手，写下了《春望》；后被肃宗授予左拾遗的官职，这期间他写下了《羌村三首》《北征》，被贬后又创作了“三吏”“三别”。

▶ 漂泊

杜甫晚年一直在西南漂泊，虽在成都有过一段相对安定的生活，但终其晚年，境遇十分凄凉。

杜甫的思想

1. 盛唐诗人不惯于写战争苦难诗，他们还没有将眼光转向底层。而最早、最全面反映安史之乱所造成的大破坏、大灾难的，是杜甫。

2. 他的诗被称为“诗史”，就在于他的诗歌具有史的价值。当时的重大历史事件在杜甫诗中皆有反映，可以补史的不足。写时事不始于杜甫，但到了杜甫这里，才以如此广阔的视野如此频繁地写时事。

3. 杜诗“诗史”的性质，还在于它提供了比事件更为广阔、更为生动、更具表现力的生活图画。他善于从一家、一人的角度来反映战争带给百姓的苦难，将战火中的人的内心世界一一展开，为之动情，“三吏”、“三别”、《羌村三首》是其代表。

4. 杜诗的诗史性质，决定了他用叙事手法写时事。杜诗既叙述经过，又着力于细节描写，使故事更具真实感和生活色彩，客观真实的叙述与主观强烈的抒情融为一体。

艺术特色

▶ 沉郁顿挫

沉郁指感情的悲慨厚重，顿挫指感情表达的低回婉转。杜甫心系家国天下，其诗中所蕴含的情感力量喷薄欲出的时候，他那儒家涵养、仁者之心所形成的中和处世的心态便把这悲怆抑制住了，使之变得低回深沉，如《自京赴奉先县咏怀五百字》等。

▶ 萧散自然

描绘的自然景物所形成的闲适的情趣、安静明秀的境界，构成了其诗歌萧散自然的特色，如《绝句漫兴九首》《江畔独步寻花七绝句》等。

▶ 形成原因

杜诗不同风格的形成，与杜甫不同时期的不同境遇，或同一时期的不同心境有莫大关系。

地位影响

▶ 杜甫被誉为唐诗思想艺术的集大成者。

1. 这首先表现在他凝聚着中华传统文化中仁民爱物、忧国忧民等情感品质，这种思想操守深远地影响着后人，直至现代而不衰。

2. 就诗歌传统自身而言，杜诗的叙事与议论深受《诗经》影响，而其悲歌慷慨的格调又与《离骚》相近；其缘事而发的精神来自乐府传统，而细腻浓烈的感情则出自建安诗歌。

3. 从语言或意象的运用上，他“颇学阴何苦用心”，转益多师。

4. 从唐诗的发展看，杜甫作为承前启后的人物，兼备众体而又自铸伟辞，为后来者的进一步发展提供了各种可能。中唐后，元稹、白居易继承了杜甫缘事而发、关心疾苦的一面，韩愈、孟郊则受到杜甫奇崛、散文化和炼字的影响，李商隐的七律也得力于杜甫七律严密而跳跃性极大的手法。他们都在学杜甫的一枝一节而开拓出新的诗派。

36

望天门山①

〔唐〕李白

tiān mén zhōng duàn chǔ jiāng kāi
天门中断楚江②开，

bì shuǐ dōng liú zhì cǐ huí
碧水东流至此回。

liǎng àn qīng shān xiāng duì chū
两岸青山相对出，

gū fān yí piàn rì biān lái
孤帆一片日边来。

① 望天门山：天门山，今安徽东梁山与西梁山的合称。东梁山在今芜湖市，西梁山在今马鞍山市，两山隔江相对，像天然的门户。

② 楚江：长江中下游部分河段在古代流经楚地，所以叫“楚江”。

诗歌鉴赏

这是一首描写山水的七言绝句，全诗将行舟的过程化为一幅平面的山水图，以诗中有画取胜。诗人行舟顺大江东下，由西向东遥望。长江奔腾东去，冲破天门，天门山仿佛中断壁立，夹峙碧水。“两岸青山相对出”说明在江行途中，两岸青山是由远到近渐渐出现的，天门山仿佛迎面而来，这是出于相对运动的感受。“孤帆一片日边来”则巧妙地把读者的视线引向开阔的远方，水天相接处悬着一轮红日，两山之间的水平线上，一叶孤舟缓缓驶来，犹如一幅逆光摄影的山水图。

以诗观史

自然山水是李白诗歌的主要内容之一，这既源于李白“一生好入名山游”的生活经历，又和他追求自由的个性密不可分。他笔下的山水诗往往呈现出壮美与优美两种境界：他在对壮伟雄奇的自然山水景象的讴歌中表现自己渴望冲破束缚的热切心情，寄托自己鄙弃凡俗、向往崇高伟大的人格精神；同时他也善于描写恬静清秀的山水景象，表达对祖国山河的热爱。盛唐的山水诗，除了有“王孟”作为代表，李白在此方面的成就也很高。“王孟”主要沿着陶渊明的系统发展而来，以清雅含蓄的诗风为主；而李白主要沿着谢灵运、谢朓的系统发展而来，深受二谢清丽诗风的影响，并创造出更为大气磅礴的壮丽诗风。

37

黄鹤楼送孟浩然之广陵①

〔唐〕李白

gù rén xī cí huáng hè lóu
故人西辞黄鹤楼，
yān huā sān yuè xià yáng zhōu
烟花三月下扬州。
gū fān yuǎn yǐng bì kōng jìn
孤帆远影碧空尽，
wéi jiàn cháng jiāng tiān jì liú
唯见长江天际流。

① 黄鹤楼送孟浩然之广陵：黄鹤楼旧址在今湖北武汉武昌蛇山黄鹄矶上，下临长江。广陵，今扬州。

诗歌鉴赏

这是一首描写送别的七言绝句，全诗从故人方面着笔，并无一字提及临江长望的送别者：西辞黄鹤楼的是故人的行帆，烟花三月的扬州是故人的去向。孤帆远影在碧空尽头消失，是故人已经逐渐离开送别者的视野，最后只见长江浩浩荡荡流向天际，伴随着故人远去。虽然句句是望中之景，但凝神远眺的诗人却呼之欲出。江水之去向，也正是故人之去向，所以江水可以将故人一路相送到扬州。

以诗观史

李白与盛唐诸家一样，善写离别之情，这首诗便是李白送别赠友的代表作。过往书写江边送别的诗歌，一般从送行者的角度，写送行者久立河津、神驰目注的情景，抒发离别的失落之感与依依不舍之情。但李白的送行诗角度新奇，从行者角度写，只是以长江的流水蕴藉自己作为送行者的情感，不露痕迹，也更浅近自然。李白与孟浩然的交游大致是在李白求仕漫游时期，当时，比李白年长十多岁的孟浩然已经诗名满天下，两人结下了深厚的友谊，为后世留下了不少脍炙人口的互赠之作。

月下独酌四首（其一）[1]

〔唐〕李白

huā jiān yì hú jiǔ, dú zhuó wú xiāng qīn.
花间[2]一壶酒，独酌无相亲[3]。

jǔ bēi yāo míng yuè, duì yǐng chéng sān rén.
举杯邀明月，对影成三人。

yuè jì bù jiě yǐn, yǐng tú suí wǒ shēn.
月既不解[4]饮，影徒[5]随我身。

zàn bàn yuè jiāng yǐng, xíng lè xū jí chūn.
暂伴月将[6]影，行乐须及春[7]。

wǒ gē yuè pái huái, wǒ wǔ yǐng líng luàn.
我歌月徘徊[8]，我舞影零乱。

xǐng shí tóng jiāo huān, zuì hòu gè fēn sàn.
醒时同交欢[9]，醉后各分散。

yǒng jié wú qíng yóu, xiāng qī miǎo yún hàn.
永结无情游[10]，相期邈云汉[11]。

① 月下独酌：独酌，一个人饮酒。
② 间：一作“下”，一作“前”。
③ 无相亲：没有亲近的人。
④ 不解：不懂，不理解。
⑤ 徒：徒然，白白地。
⑥ 将：和，共。
⑦ 及春：趁着春光明媚之时。
⑧ 月徘徊：明月随我来回移动。
⑨ 同交欢：一起欢乐。一作“相交欢”。
⑩ 无情游：月与影没有知觉，均无感情，李白与之结交，故称“无情游”。
⑪ 相期邈云汉：约定在天上相见。期，约会。邈，遥远。云汉，银河。

诗歌鉴赏

李白有《月下独酌四首》，这是第一首，也是流传最广的一首。诗歌开篇点题，背景是花间，道具是一壶酒，登场角色只是诗人一个人，动作是独酌，加上“无相亲”三个字，场面单调得很。于是诗人忽发奇想，把天上的明月和月光下自己的影子拉了过来，连自己在内，化成了三个人，举杯共酌，冷清清的场面顿觉热闹起来。然而月无法饮酒，影只能跟着身体，诗人仍旧是孤独的。然后从月和影上发议论，点出“行乐及春”。最后写诗人执意与明月和身影永结无情之游，并相约在邈远的天上仙境重见。全诗把寂寞的环境渲染得十分热闹，笔墨传神，表达了诗人善于自我排遣寂寞的旷达不羁的个性和情感。

以诗观史

古代几种版本的李白诗集中，这组诗的题目下都注有“长安”二字，意思是这组诗作于长安。这首诗约作于唐玄宗天宝三载（744），当时李白正在长安，处于官场失意之时。当时李白政治理想不能实现，心情是孤寂苦闷的，可见诗中抒写的是由政治失意而产生的一种孤寂忧愁的情怀。酒和月是李白诗歌的常见主题，也是其诗中最常用的意象，表现了李白狂放的个性，也塑造了他的“诗仙”和“狂客”形象。他的《将进酒》是彰显其诗酒风流的代表作，而《把酒问月》和《月下独酌》则体现了诗、酒、月的融合。

早发白帝城①

〔唐〕李白

zhāo cí bái dì cǎi yún jiān
朝辞白帝彩云间，

qiān lǐ jiāng líng yí rì huán
千里江陵②一日还。

liǎng àn yuán shēng tí bú zhù
两岸猿声啼不住③，

qīng zhōu yǐ guò wàn chóng shān
轻舟已过万重山。

①早发白帝城：白帝城，今重庆奉节县。
②江陵：今湖北江陵。
③住：一作“尽”。

诗歌鉴赏

这是一首描写山水的七言绝句。诗人从地势高峻、如在云端的白帝城出发，放舟三峡，瞬息千里，只消一日即到江陵。两岸猿声尚在耳边回响，万重山影已从眼前飞快闪过。以“耳目之间不暇迎送之感”烘托出轻舟飞驰而下的快意，只有身在舟中之人才会有如此惊心动魄的感受。

以诗观史

北朝著名地理学家郦道元曾著《水经注》，其中最为著名的是对三峡急湍江水与两岸景色的描写，如“有时朝发白帝，暮到江陵，其间千二百里，虽乘奔御风，不以疾也”，“每至晴初霜旦，林寒涧肃，常有高猿长啸，属引凄异，空谷传响，哀转久绝”。李白这首诗的诗意即出于此，但语言之自然，心情之舒畅乐观，与原文比起来是迥然不同的，因此这首诗成为后人无法超越的名作。在李白之前，七言绝句很少用于描写山水。李白的山水七绝善于将长距离的游程浓缩在短短的四句诗中，这首诗和前面的《望天门山》都是此方面的代表。与“七绝圣手”王昌龄相比，李白的七绝更加自然流畅，充分体现了“清水出芙蓉，天然去雕饰”的语言风格。

将进酒

〔唐〕李白

jūn bú jiàn huáng hé zhī shuǐ tiān shàng lái bēn liú dào hǎi bú fù huí
君不见黄河之水天上来，奔流到海不复回。
jūn bú jiàn gāo táng míng jìng bēi bái fà zhāo rú qīng sī mù chéng xuě rén
君不见高堂明镜悲白发，朝如青丝暮成雪。人
shēng dé yì xū jìn huān mò shǐ jīn zūn kōng duì yuè tiān shēng wǒ cái bì
生得意须尽欢，莫使金樽空对月。天生我材必
yǒu yòng qiān jīn sàn jìn huán fù lái pēng yáng zǎi niú qiě wéi lè huì
有用，千金散尽还复来。烹羊宰牛且为乐，会[1]
xū yì yǐn sān bǎi bēi cén fū zǐ dān qiū shēng qiāng jìn jiǔ
须一饮三百杯。岑[2]夫子，丹丘生[3]，将[4]进酒，
bēi mò tíng yǔ jūn gē yì qǔ qǐng jūn wèi wǒ cè ěr tīng zhōng gǔ
杯莫停。与君歌一曲，请君为我侧耳听。钟鼓[5]
zhuàn yù bù zú guì dàn yuàn cháng zuì bú fù xǐng gǔ lái shèng xián jiē jì
馔玉[6]不足贵，但愿长醉不复醒。古来圣贤皆寂
mò wéi yǒu yǐn zhě liú qí míng chén wáng xī shí yàn píng lè dǒu
寞[7]，惟有饮者留其名。陈王[8]昔时宴平乐[9]，斗
jiǔ shí qiān zì huān xuè zhǔ rén hé wèi yán shǎo qián jìng xū gū qǔ
酒十千恣[10]欢谑[11]。主人何为言少钱，径须[12]沽取
duì jūn zhuó wǔ huā mǎ qiān jīn qiú hū ér jiāng chū huàn měi jiǔ
对君酌。五花马[13]，千金裘，呼儿将出换美酒，
yǔ ěr tóng xiāo wàn gǔ chóu
与尔同销万古愁。

① 会：应当。
② 岑夫子：岑勋。
③ 丹丘生：元丹丘。与岑勋均为隐者。
④ 将：愿，请，读 qiāng。
⑤ 钟鼓：古代王侯所用乐器，此代指富贵人家音乐。
⑥ 馔玉：珍美如玉的饮食。
⑦ 寂寞：默默无闻。
⑧ 陈王：陈思王曹植。
⑨ 平乐：观名。曹植《名都篇》“归来宴平乐”写的就是在平乐观设宴。
⑩ 恣：纵情。
⑪ 欢谑：嬉戏。
⑫ 径须：直须，毫不犹豫。
⑬ 五花马：名马。一说毛色作五花纹，一说马鬃修剪为五瓣。

诗歌鉴赏

这是一首抒发酒兴诗情、表达怀才不遇的悲愤的七言歌行。开篇连用两个“君不见”，首先感叹黄河之水直奔大海不复回返，以逝水比喻时光，将光阴的飞逝夸大到极致；其次感叹头发由黑变白只在朝夕之间，将人生易老的事实夸大到极致，也为其后及时行乐的老话增添了豪气。“天生我材必有用，千金散尽还复来”是自夸自信的狂言，却也隐含着怀才不遇的闷气，全篇的醉语都围绕此展开。诗人继续向朋友陈述劝酒的理由：富贵只是眼前荣华，本不足贵，圣贤虽贵，却寂寂无闻，还不如饮者能留其名。诗人最后道出了“将进酒”的真正原因：“与尔同销万古愁。”万古之愁，就是自古文人都有的光阴飞逝之愁、人生苦短之愁、怀才不遇之愁、圣贤寂寞之愁。

以诗观史

人生苦短，当及时行乐，是汉代以来诗歌的传统主题，李白《将进酒》的立意也是这一老生常谈。但他采用汉乐府的古题，寄托当代才士的苦闷，将汉乐府的短篇杂言发挥成豪放至极的长歌，创造出千古常新的名篇。歌行是李白擅长的体裁，歌行的篇幅一般都比较长，容量也大，其句式长短错落，形式自由灵活，又常换韵，非常便于诗人纵横驰骋。因此李白常用它表达热烈奔放的思想感情，塑造雄伟壮阔的艺术形象，他的《将进酒》《梦游天姥吟留别》等都是体现七言歌行语言特点的典范之作。当感情达到高潮的时候，他往往将七言与杂言并用，以增强诗歌气势，使语言更具错综变化之美。

石壕吏[1]

〔唐〕杜甫

mù tóu shí háo cūn, yǒu lì yè zhuō rén.
暮投[2]石壕村，有吏夜捉人。
lǎo wēng yú qiáng zǒu, lǎo fù chū mén kàn.
老翁逾墙走，老妇出门看。
lì hū yì hé nù! fù tí yì hé kǔ!
吏呼一何[3]怒！妇啼一何苦！
tīng fù qián zhì cí: sān nán yè chéng shù.
听妇前致词[4]：三男邺城[6]戍[5]。
yì nán fù shū zhì, èr nán xīn zhàn sǐ.
一男附书至[7]，二男新[8]战死。
cún zhě qiě tōu shēng, sǐ zhě cháng yǐ yǐ.
存者且偷生，死者长已[9]矣。
shì zhōng gèng wú rén, wéi yǒu rǔ xià sūn.
室中更无人，惟有乳下孙[10]。
yǒu sūn mǔ wèi qù, chū rù wú wán qún.
有孙母未去[11]，出入无完裙[12]。
lǎo yù lì suī shuāi, qǐng cóng lì yè guī.
老妪[13]力虽衰，请从吏夜归。
jí yìng hé yáng yì, yóu dé bèi chén chuī.
急应河阳役，犹得备晨炊。
yè jiǔ yǔ shēng jué, rú wén qì yōu yè.
夜久语声绝，如闻泣幽咽[14]。
tiān míng dēng qián tú, dú yǔ lǎo wēng bié.
天明登前途，独与老翁别。

① 石壕吏：石壕的官吏。石壕，即石壕村，在今河南三门峡东南。
② 投：投宿。
③ 一何：多么。
④ 前致词：走上前去（对差役）说话。
⑤ 戍：防守。

⑥ 邺城：唐时的邺郡，大致在今河北临漳和河南安阳。
⑦ 附书至：捎信回来。
⑧ 新：最近。
⑨ 已：停止，这里指生命结束。
⑩ 乳下孙：还在吃奶的孙子。
⑪ "有孙"句：（因为）有孙子在，（所以）他的母亲还没有离去。
⑫ 完裙：完整的衣服。裙，这里泛指衣服。
⑬ 老妪：老妇。
⑭ 幽咽：形容低微、断续的哭声。

诗歌鉴赏

这是一首记录石壕吏半夜抓丁的五言古诗。诗人在石壕村投宿，不久就遇到差役来捉人。户主老翁虽然年老不应服役，但毕竟身为男性，所以还是躲出去以防万一。老妇前去应门，诗人躲在屋里，所以事件的展开全通过诗人听到的对话呈现，纯以听觉写事写人的艺术处理极为别致。在"吏呼一何怒"的逼问下，老妇先说家里已有三个儿子在邺城当兵，其中两个已经战死，按理可以免于再征，但似乎还是不能说服蛮吏，于是又说家里只剩下儿媳妇和吃奶的孙子，还是应付不过去，最后只好拿自己来顶账，说自己愿意去河阳为官军做饭。"如闻泣幽咽"是一直没出现的儿媳在悲泣。天明时，诗人"独与老翁别"，老妇被抓走的结局也就不言自明了。

以诗观史

"三吏""三别"是杜甫的传世名作，也是诗歌史上现实主义的一座高峰。乾元元年（758），为平定安史之乱，唐军围攻叛军所占的邺郡，眼看胜利在望，然而次年春形势发生逆转，唐军全线崩溃，退守河阳（今河南孟州），并四处抽丁补充兵力。杜甫此时从洛阳回华州（今属陕西渭南），途经新安、石壕、潼关等地，根据目睹的现实写了一组诗，《石壕吏》即其中一首。"三吏"都采用问答兼叙事的写法。问答的一方都有吏，所以三篇均以"吏"为题。

茅屋为秋风所破歌

〔唐〕杜甫

bā yuè qiū gāo fēng nù háo juǎn wǒ wū shàng sān chóng máo máo fēi
八月秋高风怒号，卷我屋上三重茅，茅飞
dù jiāng sǎ jiāng jiāo gāo zhě guà juàn cháng lín shāo xià zhě piāo zhuǎn chén
渡江洒江郊。高者挂罥[1]长[2]林梢，下者飘转沉
táng ào nán cūn qún tóng qī wǒ lǎo wú lì rěn néng duì miàn wéi dào zéi
塘坳[3]。南村群童欺我老无力，忍能对面为盗贼[4]。
gōng rán bào máo rù zhú qù chún jiāo kǒu zào hū bù dé guī lái yǐ zhàng
公然抱茅入竹去，唇焦口燥呼不得[5]，归来倚杖
zì tàn xī é qǐng fēng dìng yún mò sè qiū tiān mò mò xiàng hūn hēi
自叹息。俄顷[6]风定云墨色，秋天漠漠[7]向昏黑[8]。
bù qīn duō nián lěng sì tiě jiāo ér è wò tà lǐ liè chuáng tóu
布衾[9]多年冷似铁，娇儿恶卧踏里裂[10]。床头
wū lòu wú gān chù yǔ jiǎo rú má wèi duàn jué zì jīng
屋漏无干处，雨脚如麻[11]未断绝。自经
sāng luàn shǎo shuì mián cháng yè zhān shī hé yóu chè ān
丧乱[12]少睡眠，长夜沾湿何由彻[13]！安
dé guǎng shà qiān wàn jiān dà bì tiān xià hán shì jù huān
得广厦千万间，大庇天下寒士[14]俱欢
yán fēng yǔ bú dòng ān rú shān wū
颜！风雨不动安如山。呜
hū hé shí yǎn qián tū
呼！何时眼前突
wù xiàn cǐ wū
兀[15]见此屋，
wú lú dú pò shòu
吾庐独破受
dòng sǐ yì zú
冻死亦足！

①罥：挂。
②长：高。
③沉塘坳：沉到池塘水中。坳，低洼的地方。
④忍能对面为盗贼：竟然狠心这样当面做抢掠的事。
⑤呼不得：喝止不住。
⑥俄顷：一会儿。
⑦漠漠：阴沉迷蒙的样子。
⑧向昏黑：渐渐黑下来。向，接近。
⑨衾：被子。
⑩娇儿恶卧踏里裂：孩子睡相不好，把被里蹬破了。
⑪雨脚如麻：形容雨点不间断，像下垂的麻线一样密集。
⑫丧乱：战乱，指安史之乱。
⑬何由彻：如何挨到天亮。何由，怎能、如何。彻，到，这里是“彻晓（到天亮）”的意思。
⑭寒士：贫寒的士人。
⑮突兀：高耸的样子。

诗歌鉴赏

这是一首歌行体古诗。诗人定居在草堂，茅屋是他赖以安顿生活的地方，所以全诗把茅屋为秋风所破的过程和后果写得非常严重。风把屋顶的三层茅草都卷走了，卷走的茅草都收不回来。诗人家里的布被用了多年，冷得像铁一样，儿子的睡相不好，又把被里蹬破了。屋漏，床头湿，雨不停，长夜不眠中，诗人想到自经丧乱以来已经度过多少个不眠之夜，那么普天之下那些比自己更加困苦的人又将如何度日呢？于是诗人在这所风雨飘摇的茅屋里产生了“安得广厦千万间，大庇天下寒士俱欢颜”的愿望。诗中表现出了推己及人的可贵精神，在冰冷暗淡的氛围中闪出理想的光辉。

以诗观史

杜甫对中国诗歌史的重要影响之一在于留下了“沉郁顿挫”的诗风。他曾在《进雕赋表》中称自己的作品“沉郁顿挫”，后人也多用这个词来评价杜诗。“沉郁”指诗歌情感的深厚、浓郁、忧愤、蕴藉；“顿挫”则指诗歌语言的刚健遒劲、音调的铿锵有力、章法的曲折变化等。受时代环境与身世遭遇的影响，杜甫的诗作常常充满悲凉抑郁的情调，但这种伤感并不局限于对个人苦难的倾诉，更多的是对国家和人民的担忧，因此在凄凉之中却有着极为厚重的内在力量，《茅屋为秋风所破歌》便是这种精神与风格的代表。

43

春望

〔唐〕杜甫

guó pò shān hé zài, chéng chūn cǎo mù shēn.
国[1]破[2]山河在，城[3]春草木深。

gǎn shí huā jiàn lèi, hèn bié niǎo jīng xīn.
感时[4]花溅泪[5]，恨别鸟惊心。

fēng huǒ lián sān yuè, jiā shū dǐ wàn jīn.
烽火[6]连三月，家书抵万金。

bái tóu sāo gèng duǎn, hún yù bú shèng zān.
白头搔更短，浑[7]欲不胜簪[8]。

① 国：国都，指长安（今陕西西安）。
② 破：陷落。
③ 城：指长安城，当时被叛军占领。
④ 感时：为国家的时局而感伤。
⑤ 溅泪：流泪。
⑥ 烽火：古时边防报警的烟火。这里借指安史之乱的战事。
⑦ 浑：简直。
⑧ 不胜簪：插不住簪子。胜，能够承受，禁得起。簪，一种别住发髻的长条状首饰。

诗歌鉴赏

这是一首写景抒情的五言律诗。国破是一朝一代的悲哀，而山河是永恒的存在，到春天，草木照样生长，自然规律不会因时势的变化而改易。花儿带露、鸟儿啼鸣不过是自然现象，而所溅之泪和所惊之心实出自诗人，因此花的溅泪和鸟的惊心只是人的移情。战乱之中亲人的平安消息比什么都珍贵，这不仅是诗人的个人感受，更是人之常情。诗人忧思之深导致白发变疏，稀得快要插不住簪子了。全诗对仗精工，声情悲壮，被誉为最能概括家国之恨的诗作。

以诗观史

这首诗能成为传诵千古的名作，正是因为它高度概括了时人和后人在同类境遇中共同的感受和体会。这首诗作于唐肃宗至德二载（757）三月，当时杜甫被安史之乱的叛军掳到了沦陷后的长安。头年八月，杜甫把妻子安顿在鄜州羌村，至此已逾半载。这一年正月，长安、鄜州都卷入了战事，杜甫和妻子音信难通，时值暮春，触景伤怀，于是作了这首《春望》。这首诗移情于物、极写物是人非之感的笔法影响了中唐及以后的写景抒情诗。

春夜喜雨

〔唐〕杜甫

hǎo yǔ zhī shí jié， dāng chūn nǎi fā shēng
好雨知时节，当春乃发生①。

suí fēng qián rù yè， rùn wù xì wú shēng
随风潜②入夜，润物③细无声。

yě jìng yún jù hēi， jiāng chuán huǒ dú míng
野径④云俱黑，江船火独明。

xiǎo kàn hóng shī chù， huā zhòng jǐn guān chéng
晓看红湿处⑤，花重锦官城⑥。

① 发生：使植物萌发、生长。
② 潜：暗暗地，悄悄地。这里指春雨在夜里悄悄地随风而至。
③ 润物：使植物受到雨水的滋养。
④ 野径：田野间的小路。
⑤ 红湿处：被雨水打湿的花丛。
⑥ 锦官城：成都的别称。成都曾经是主持织锦的官员的官署所在地，所以叫“锦官城”。

诗歌鉴赏

这是一首写成都夜雨的五言律诗。俗话说“春雨贵如油”，当春天最需要雨的时候，这雨来了，而且来得柔和细润。诗人以拟人化的动词“潜”形容雨在夜里趁人毫无察觉时悄悄地随风而来的动态，“润”字进一步描写雨细细地滋润着万物，毫无声息，这就把雨势的绵细连同其所以润物无声的道理一起写出来了。这细密的春雨听不见，看不见。诗人用“重”字写花儿饱含雨水的感觉，能使人想象出花枝经受不起花朵分量的情状，也说明这雨整整下了一夜，已经下透了。

以诗观史

本诗是杜甫五律的名篇。春天，大家都盼望及时雨，但要把人们这种常见的心情贴切入微地表现出来，却是很难的。平常之景最为难写，能把难状之景写得如在目前，把事物的性理蕴藏于细致入微的物态描写中，令人如临其境，是杜甫五律的独特造诣。

45

闻官军收河南河北

〔唐〕杜甫

jiàn wài hū chuán shōu jì běi
剑外①忽传收蓟北②，
chū wén tì lèi mǎn yī cháng
初闻涕泪满衣裳。
què kàn qī zǐ chóu hé zài
却看③妻子④愁何在，
màn juǎn shī shū xǐ yù kuáng
漫卷诗书喜欲狂。
bái rì fàng gē xū zòng jiǔ
白日放歌须纵酒，
qīng chūn zuò bàn hǎo huán xiāng
青春⑤作伴好还乡。
jí cóng bā xiá chuān wū xiá
即从巴峡⑥穿巫峡⑦，
biàn xià xiāng yáng xiàng luò yáng
便下襄阳⑧向洛阳⑨。

① 剑外：剑门以南。蜀地在剑门南，所以剑外指诗人所在的蜀地。

② 蓟北：泛指唐朝蓟州北部地区，大致在今河北北部地区，当时是安史之乱叛军盘踞的地方。

③ 却看：回头看。

④ 妻子：妻子和孩子。

⑤ 青春：指春天的景色。

⑥ 巴峡：一说指湖北巴东县西的巴峡，即三峡之一；一说指四川东北部巴江中的峡；一说泛指渝州以下川东峡江地带。

⑦ 巫峡：长江三峡之一，在今重庆巫山县东。

⑧ 襄阳：今湖北襄阳。杜甫祖籍在此。

⑨ 洛阳：这句下面有原注："余田园在东京。"唐代东京即洛阳，又称东都。

诗歌鉴赏

这是一首七言律诗。宝应元年（762）十月，官军收复洛阳。第二年正月，河南河北相继收复。杜甫虽然远在剑外，但因密切关注着时事，很快就得到了消息。安史之乱发生以来无时无刻不在盼望的喜讯一旦变成了现实，诗人的第一个反应是喜极而泣。在激情的狂澜稍稍平息之后，他才想到赶快和妻儿分享这份喜悦，回过头来看，他们也早就和他一样，脸上的愁云一扫而空了。战乱结束，长期深藏在心里的愿望自然冒出来了：从此可以返回家乡，过上安定的日子了。"漫卷诗书"是一种无目的、下意识的动作，诗人未必真的要立刻收拾行李，只是兴奋得不知做什么好。抑制不住的狂喜使诗人的想象霎时间就飞出了剑外，开始展望返乡的旅途。从剑外到洛阳，路途遥远，巴峡、巫峡、襄阳、洛阳四处相距也不近，但归心似箭的诗人用"即从""穿""便下""向"这一连串表示指向和快速的动词、虚词连成一气，使全诗的气势一泻千里。

以诗观史

七言律诗在其成熟以后，便形成了对仗稳当、格律严谨的特色。受盛唐时代风气的影响，七言律诗在杜甫以前多用来歌功颂德或应酬奉和，表现范围相对狭窄。杜甫用七言律诗反映现实政治，抒写忧国忧民的情怀，极大地拓宽了七律的表现范围，也体现出深重的忧患感，形成较为悲伤的底色。但这首七律被称为杜甫生平"第一快诗"，诗人在长久积压的大悲中遇到大喜，其诗作也迸发出感天动地的力量，突破了七律严谨格律的束缚，气势如乘奔御风，语调如歌哭笑吟，读起来宛如歌行，为七言律诗的表现力注入了新的源泉。

韩孟诗派

唐诗在大历前期一度衰落，在德宗至穆宗时期又渐趋兴盛，并于宪宗元和年间达到高潮。这一时期名家辈出，流派分立，展示了唐诗大变于中唐的蓬勃景象。而以韩愈、孟郊为代表的韩孟诗派就是进行这种新变的第一诗人群体。

诗歌创作主张

不平则鸣

（1）强调诗人内心不平情感的抒发是诗歌发生的重要原因。

（2）重视诗歌的抒情功能，即所谓“郁于中而泄于外”，提倡审美上的情绪宣泄。

笔补造化

（1）主张要有创造性的诗思。

（2）主张对物象进行主观裁夺。

崇尚雄奇怪异之美

（1）韩愈取法“李杜”，但他的着眼点不在于“李杜”诗歌的思想内容，而在于那奇特的语言、雄阔的气势和艺术手法的创新。

（2）不仅在创作上，而且在评价上也以诗歌中力量的雄大、词语的险怪和造境的奇特为准绳。

代表作家作品

韩愈

简介：

韩愈（约768—824），字退之，德宗时担任监察御史，后因直言进谏屡遭贬斥，曾被贬至广东潮州。他是中唐古文运动的倡导者，被誉为“唐宋八大家”之首。

代表作品：

（1）韩愈多长篇古诗，其中不乏揭露现实矛盾、表现个人失意的佳作，如《归彭城》等。

（2）代表韩愈诗歌成就和特色的是那些以雄大气势见长和以怪奇意象著称的诗作，如《石鼓歌》等。

简介：

孟郊（751—814），字东野，他出身贫寒，性格耿介，诗歌多表现怀才不遇的感伤，引起了后代广泛的共鸣。

代表作品：

（1）孟郊才力不及韩愈，又囿于生活经历，其怪奇诗风遂向幽僻冷涩一路发展，诗作大多抨击黑暗世俗，强烈表现自我悲慨和贫寒生活，如《寒地百姓吟》《答卢仝》等。

（2）孟郊诗以苦吟著称，注重造句炼字，追求构思的奇特超常，如《怨诗》。

（3）孟郊为人注意的诗作多是以幽僻、清冷、苦涩意象来描绘凄怆寒苦生活的作品，风格峭硬，与贾岛诗风相近，苏轼谓“郊寒岛瘦”，如《秋怀十五首》。

孟郊

46

游子吟

〔唐〕孟郊

cí mǔ shǒu zhōng xiàn, yóu zǐ shēn shàng yī.
慈母手中线，游子身上衣。

lín xíng mì mì féng, yì kǒng chí chí guī.
临行密密缝，意恐迟迟归。

shuí yán cùn cǎo xīn, bào dé sān chūn huī.
谁言寸草[1]心，报得三春晖[2]。

① 寸草：小草。

② 三春晖：春天的阳光。

诗歌鉴赏

这是一首描写慈母为即将远行的孩子缝衣的五言古诗。面对平常的生活细节，诗人从中提炼出了常人都体验过却未必能道出的深厚母爱。开头强调慈母手中之线，制成游子身上之衣，这线便是联结母亲和游子的感情引线。“密密缝”的动作和“意恐迟迟归”的心理如此矛盾，正表现出母亲无法将游子留在家中，只能将所有的爱倾注在针线之中的难舍之情。结尾以比兴为全篇点睛，寸草心难报三春晖的比喻新鲜警策，小草依赖阳光成长，而春晖从来不求回报。寸草有心，春晖无私，慈母之于游子，不也正是如此吗？

以诗观史

以诗歌表达游子对母亲劬劳的感恩之心，虽然早见于《诗经·小雅·蓼莪》，但汉代以来却很罕见。游子一般只见于行旅乡思或游子思妇等题材。孟郊出身贫苦，幼年丧父，又半世坎坷，对母亲的养育之恩体会尤深，才会将游子和慈母联系起来，写出这样一篇能推人心之至情的佳作。以“三春晖”喻母爱之温暖或许受汉乐府《长歌行》“阳春布德泽，万物生光辉”的启发，但“寸草”主要来自游子长年行走在道途之中的感悟。“春草黄复绿，客心伤此时”（沈约《春咏诗》），“春草青青万里余，边城落日见离居”（张旭《春草》），“客心君莫问，春草是王程”（李颀《送人尉闽中》），无论是戍边还是游宦，伴随着游子万里长途的永远是到处可见的春草，因而“春草”一直是寄托游子离情的传统文学意象。到了孟郊这里，“春草”因被发掘出与春晖的关系而有了全新的寓意，成为天下游子感念母恩的象征。

早春呈水部张十八员外二首（其一）①

〔唐〕韩愈

tiān jiē xiǎo yǔ rùn rú sū， cǎo sè yáo kàn jìn què wú。
天街②小雨润如酥③，草色遥看近却无。

zuì shì yì nián chūn hǎo chù， jué shèng yān liǔ mǎn huáng dū。
最是一年春好处⑤，绝胜⑤烟柳满皇都。

① 早春呈水部张十八员外：呈，恭敬地送上。水部张十八员外，指唐代诗人张籍，他在同族兄弟中排行第十八，曾任水部员外郎。
② 天街：京城街道。

③ 润如酥：形容春雨滋润细腻。酥，酥油，从牛奶或羊奶中提取的脂肪。
④ 处：时。
⑤ 绝胜：远远胜过。

诗歌鉴赏

这是一首七言绝句，描写了初春雨后绿意带给诗人的新鲜感受。北方早春之雨往往是小雨，“酥”字形容细雨如酥油般滋润，正与民间俗语“春雨贵如油”的意思相合。经冬的枯草就在这场小雨中最先感知到了春意，但只是刚泛起一层似有若无的绿意，远看若隐若现，近看却又没有，因此“草色遥看近却无”一句敏锐地抓住了最早的春色。这句诗还能引起人们关于观察其他事物的联想。大凡一种刚刚萌生的现象或倾向，往往在近处不易看到其具体的样貌，必须有综观全局大势的眼光，才能把握这种似有若无的趋势。因此这句诗不仅能传早春之神韵，更包含着哲理的启示。草色虽然似有若无，却预示着春光灿烂的大好前景，皇都满城烟柳的胜景也指日可待。

以诗观史

有意追求奇特是韩愈诗歌创作的特色，但韩愈后期也创作了许多抒写闲情逸致的小诗，这些诗状物写景准确、精细。这首诗便是韩愈七绝的代表作。它以清新自然之语、精工细腻之笔传早春之神，所发的议论蕴藉深远，实际上已经开启了宋诗绝句新警工巧、含蓄委婉的先河，对王安石晚年工巧精致的“半山体”有一定影响。纵观诗史，前人描写春日胜景，往往选择烟柳全盛、花飞满城之时，韩愈却选择盛赞早春，这体现了他的创新精神，以及他对杜甫开创的“语不惊人死不休”传统的继承。

48

山石

〔唐〕韩愈

shān shí luò què xíng jìng wēi, huáng hūn dào sì biān fú fēi.
山石荦确[1]行径微，黄昏到寺蝙蝠飞。

shēng táng zuò jiē xīn yǔ zú, bā jiāo yè dà zhī zi féi.
升堂坐阶新雨足，芭蕉叶大栀子肥。

sēng yán gǔ bì fó huà hǎo, yǐ huǒ lái zhào suǒ jiàn xī.
僧言古壁佛画好，以火来照所见稀。

pū chuáng fú xí zhì gēng fàn, shū lì yì zú bǎo wǒ jī.
铺床拂席置羹饭，疏粝[2]亦足饱我饥。

yè shēn jìng wò bǎi chóng jué, qīng yuè chū lǐng guāng rù fēi.
夜深静卧百虫绝，清月出岭光入扉。

tiān míng dú qù wú dào lù, chū rù gāo xià qióng yān fēi.
天明独去无道路，出入高下穷烟霏。

shān hóng jiàn bì fēn làn màn, shí jiàn sōng lì jiē shí wéi.
山红涧碧纷烂漫，时见松枥[3]皆十围[4]。

dāng liú chì zú tà jiàn shí, shuǐ shēng jī jī fēng chuī yī.
当流赤足踏[5]涧石，水声激激风吹衣。

rén shēng rú cǐ zì kě lè, qǐ bì jú shù wéi rén jī?
人生如此自可乐，岂必局束为人鞿[6]？

jiē zāi wú dǎng èr sān zǐ, ān dé zhì lǎo bú gèng guī.
嗟哉吾党二三子，安得至老不更归。

① 荦确：险峻不平的样子。
② 疏粝：粗粮粗米。
③ 松枥：松树和栎树。枥，同栎，即柞树。
④ 十围：指十人拉起手来才能合抱的树干直径。
⑤ 踏：脚着地。
⑥ 鞿：马缰绳。这里用作动词，意思是控制。

诗歌鉴赏

这是一首七言古诗，全诗一句一景，移步换形，层层展开黄昏、入夜、黎明等各个时分的不同画面，犹如一篇平铺直叙、文笔简妙的游记。“荦确”两字形容山石的棱角不平，也能令人联想到韩愈很不随和的性格。用“大”和“肥”这两个极俗之字形容芭蕉、栀子吸足新雨之后的饱满水灵，是因为诗人刚刚坐定，天色又暗，只能得出一个花木都长得很壮的粗略印象，所以用俗字更为传神。静卧之时，虫声已绝，月光照进门内，这是已到深夜的情景。这里只是从静卧之人的听觉和视觉去写时间的流转，而山寺深夜的宁静、诗人的一夜不眠，都不难想见。天明以后，诗人赤脚踏在山涧中的石头上，水声激激清其耳，山风吹衣入其怀，耳目为之全新，身心任其荡涤，这是何等惬意！人若能够在如此美好的大自然中自由自在，不受官场的羁束，就足以快乐地度过一生了。那么自己和二三好友，为什么到老还不肯回归自然呢？这段反思出自为景物所触发的真情，成为全诗的点睛之笔。

以诗观史

韩愈博学多才，倡导古文，他的五言和七言古诗进一步发掘了散句本来适宜于叙述的潜力，后人称之为“以文为诗”。所谓“以文为诗”，并没有确切的定义，只是一种印象式的评论，大体指诗人吸收散文的一些特点来写诗，比如在诗里发议论，或者采用文章的布局章法来写诗。以文为诗的表现方式会导致诗歌缺乏跳跃性、不够含蓄有味等缺点，但是也会增强诗歌的表现力。成功与否要看具体作品，不能一概而论。《山石》历来被视为韩愈以文为诗的代表作之一，开辟了诗歌散文化的路径，对宋诗的散文化产生了重大影响。

49 酬乐天扬州初逢席上见赠①

〔唐〕刘禹锡

bā shān chǔ shuǐ qī liáng dì
巴山楚水②凄凉地，

èr shí sān nián qì zhì shēn
二十三年③弃置身④。

huái jiù kōng yín wén dí fù
怀旧空吟闻笛赋⑤，

dào xiāng fān sì làn kē rén
到乡翻似烂柯人⑥。

chén zhōu cè pàn qiān fān guò
沉舟侧畔千帆过，

bìng shù qián tóu wàn mù chūn
病树前头万木春。

jīn rì tīng jūn gē yì qǔ
今日听君歌一曲，

zàn píng bēi jiǔ zhǎng jīng shén
暂凭杯酒长⑦精神。

① 酬乐天扬州初逢席上见赠：乐天，指白居易，字乐天。

② 巴山楚水：诗人曾被贬夔州、朗州等地，夔州古属巴郡，朗州属楚地，故称“巴山楚水”。

③ 二十三年：从唐顺宗永贞元年（805）刘禹锡被贬为连州刺史，到写此诗时，共二十二个年头，因第二年才能回到洛阳，所以说“二十三年”。

④ 弃置身：指遭受贬谪的诗人自己。

⑤ 闻笛赋：指西晋向秀所作的《思旧赋》。向秀跟嵇康是好朋友，嵇康被司马氏集团杀害，向秀经过嵇康故居时，听见有人吹笛，不禁悲从中来，于是作了《思旧赋》。

⑥ 烂柯人：指晋人王质。南朝梁任昉《述异记》载，王质上山砍柴，看见两个童子下棋，就停下观看。等棋局终了，斧子柄已经朽烂。他回到村里，才发现已经过了上百年，与他同时代的人都去世了。柯，斧柄。

⑦ 长：增长，振作。

诗歌鉴赏

这是一首酬答白居易的七言律诗。首联“巴山楚水”四字精准概括了诗人被贬的地方，“凄凉地”与“弃置身”突出了诗人大半生已在远荒消磨殆尽的残酷现实。颔联上句用向秀闻笛思旧的典故，抒发诗人追忆故友的无限凄凉，包含着诗人对于自己半世坎坷的悲愤；下句用“烂柯人”之典形容诗人回到乡里，恍若隔世，道出了面对陌生世事的茫然之感。颈联中的“千帆过”与“万木春”构成生机勃勃的画面，比喻人人竞进、意气风发的满朝新贵；与之对照的“沉舟”和“病树”则比喻半世被弃、早已心死的诗人自己，这种甘于自弃的低调中饱含辛酸和悲凉。所以当白居易为自己高歌不平的时候，诗人深表感激，但也只能暂时依靠手中的杯酒提振精神。此诗虽然沉痛无比，但依然格局阔大，笔力老健，尤其颈联从自然现象中抽绎出鲜明的喻象以比拟人事，以直白的语言说明了新旧更替的某种规律性，富有哲理。

以诗观史

刘禹锡（772—842），字梦得，中唐时期著名文学家，诗文俱佳，作品涉猎题材广泛，在中唐韩孟、元白两派诗歌大变的潮流中坚持盛唐诗歌的创作方法，开辟出新路，以“诗豪”著称，与白居易并称“刘白”，与柳宗元并称“刘柳”，与韦应物、白居易合称“三杰”。唐顺宗时，刘禹锡参加政治改革，失败后屡遭贬谪。敬宗宝历二年（826）冬，刘禹锡返回洛阳，与白居易相遇。诗题说是“初逢”，但刘、白二人神交已久，早就有诗往来。白居易对刘禹锡的遭遇极为同情，在酒席上作《醉赠刘二十八使君》，痛心地慨叹刘禹锡“诗称国手徒为尔，命压人头不奈何”，“亦知合被才名折，二十三年折太多”。这首诗正是刘禹锡为酬答白诗而作。

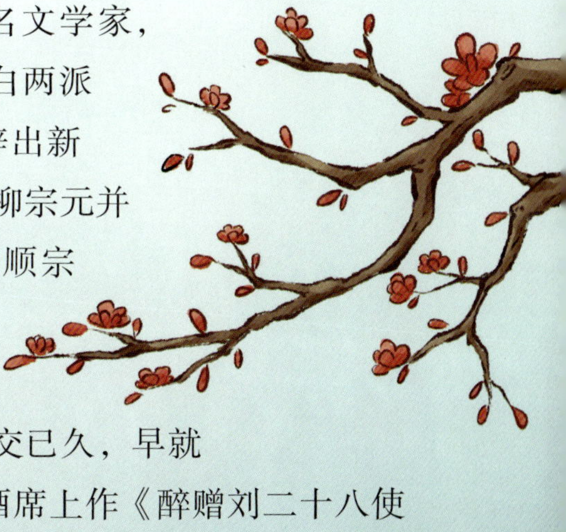

50

雁门太守行①

〔唐〕李贺

hēi yún yā chéng chéng yù cuī，jiǎ guāng xiàng rì jīn lín kāi。
黑云压城城欲摧，甲光向日金鳞开②。

jiǎo shēng mǎn tiān qiū sè lǐ，sāi shàng yān zhī níng yè zǐ。
角③声满天秋色里，塞上燕脂凝夜紫④。

bàn juǎn hóng qí lín yì shuǐ，shuāng zhòng gǔ hán shēng bù qǐ。
半卷红旗临易水⑤，霜重鼓寒声不起⑥。

bào jūn huáng jīn tái shàng yì，tí xié yù lóng wèi jūn sǐ！
报君黄金台上意，提携玉龙⑦为君死！

① 雁门太守行：古乐府曲调名。

② “甲光”句：铠甲迎着（云缝中射下来的）太阳光，如金色鳞片般闪闪发光。

③ 角：军中号角。

④ “塞上”句：边塞上将士的血迹在寒夜中凝为紫色。燕脂，胭脂，色深红。此句中“燕脂”“夜紫”形容战场血迹。

⑤ 易水：河名，发源于河北易县。易水距塞上尚远，此借荆轲故事以言悲壮之意。战国时荆轲前去刺杀秦王，燕太子丹及众人送荆轲至易水边，荆轲慷慨而歌：“风萧萧兮易水寒，壮士一去兮不复还！”

⑥ “霜重”句：天寒霜降，战鼓声沉闷不响亮。一作“霜重鼓声寒不起”。

⑦ 玉龙：指宝剑。传说晋代雷焕曾得玉匣，匣内藏二剑，后二剑入水化为龙。

诗歌鉴赏

这是一首用乐府古题创作的七言古诗。首句既是写景，也是写事，渲染了敌军兵临城下的紧张气氛。次句写城内的守军，一缕日光从云缝里透射下来，映照在守城将士的甲衣上，甲衣金光闪闪，耀人眼目。三句写肃杀的秋色中“角声满天”，用听觉勾画出战争的规模。四句从视觉写，晚霞映照着战场，胭脂般鲜红的血迹凝结在大地上，透过夜雾呈现出一片紫色，暗示攻守双方都有大量伤亡，守城将士处于不利的地位。后四句写驰援部队的活动。形容红旗的“半卷”二字含义极为丰富。黑夜行军，偃旗息鼓，为的是“出其不意，攻其不备”。驰援部队一迫近敌军的营垒，便击鼓助威，投入战斗。无奈夜寒霜重，连战鼓也擂不响。面对重重困难，将士们毫不气馁。诗人引用黄金台这个典故，写出了将士们报效国家的决心。全诗几乎句句都有鲜明的色彩，金色、胭脂色、紫红色、黑色、秋色、玉白色等交织在一起，表现了特定时间、地点的边塞风光和瞬息变幻的战争风云。全诗意境苍凉，格调悲壮，具有强烈的震撼力和艺术魅力。

以诗观史

李贺（790—816），字长吉，中唐时期著名诗人，是继屈原、李白之后，中国文学史上又一位享有盛誉的浪漫主义诗人。李贺是中唐到晚唐诗风转变期的代表者，与李白、李商隐并称“唐代三李”。李贺诗歌的重要主题就是抒发自己政治上不得意的悲愤。他善于熔铸词采，驰骋想象，运用神话传说托古喻今，创造出新奇瑰丽的诗境。这种诗歌风格在诗史上独树一帜，严羽《沧浪诗话》称其为“李长吉体”。后人常称他为“鬼才”“诗鬼”，称其创作的诗文为“鬼仙之辞”。诗歌史上还有“太白仙才，长吉鬼才”之说。

诗史时刻

元白诗派

与韩孟诗派同时但稍后，中唐诗坛又崛起了以白居易、元稹为代表的元白诗派。这派诗人重写实而尚通俗，清代赵翼曾这样概括中唐两大诗派的差异：“韩孟尚奇警，务言人所不敢言；元白尚坦易，务言人所共欲言。”

诗歌创作主张

诗歌创作主张

发起新乐府运动

主张恢复古代的采诗制度，发挥诗歌惩恶扬善、补察时政的功能，以自创的新的乐府题目咏写时事，故名“新乐府”。

学习写实诗风

主张学习上至《诗经》中的“风”诗和汉魏乐府民歌，下至安史之乱以来一批具有写实倾向的诗人的创作，尤其是杜甫的诗作。

力求语言平实

主张以朴实真切的语言乃至口语入诗，力求通俗浅显。

代表作家作品

元稹和白居易是诗歌唱和的好友，同为新乐府运动的倡导者。

白居易

简介：

白居易（772—846），字乐天，号香山居士，唐代最高产的诗人之一。他与元稹同年登第，二人结为知己好友。

诗歌风格：

白居易诗重写实，尚通俗，强调讽喻，提倡为君为民而作，体现出“文章合为时而著，歌诗合为事而作”的现实针对性和通俗化倾向。

代表作品：

（1）讽喻诗：《秦中吟》《新乐府》《卖炭翁》《上阳白发人》

（2）闲适诗：《官舍小亭闲望》《游悟真寺诗一百三十韵》

（3）叙事诗：《长恨歌》《琵琶行》

元稹

简介：

元稹（779—831），字微之、威明。他诗名早著，与白居易齐名。除诗歌以外，他还著有影响深远的唐传奇《莺莺传》，这个故事后来被元代戏曲大家王实甫改编为《西厢记》。

诗歌风格：

元稹诗善于用浅近平易的语言准确传神地表情达意，直抒胸臆。

代表作品：

其代表作有《田家词》《连昌宫词》《遣悲怀三首》等。

琵琶行

〔唐〕白居易

浔阳江头夜送客，枫叶荻[1]花秋瑟瑟。主人下马客在船，举酒欲饮无管弦[2]。醉不成欢惨将别，别时茫茫江浸月。

忽闻水上琵琶声，主人忘归客不发。寻声暗问弹者谁，琵琶声停欲语迟。移船相近邀相见，添酒回灯[3]重开宴。千呼万唤始出来，犹抱琵琶半遮面。转轴拨弦三两声，未成曲调先有情。弦弦掩抑[4]声声思[5]，似诉平生不得志。低眉信手续续弹，说尽心中无限事。轻拢慢捻抹复挑[6]，初为《霓裳[7]》后《六幺[8]》。大弦嘈嘈如急雨，小弦切切如私语。嘈嘈

以诗观史

这首诗是古代诗歌中音乐描写的不朽典范。据白居易在这首长篇七言歌行前的自序，可知此诗作于元和十一年（816）秋。前一年白居易因上表进谏得罪朝中权贵，被贬为江州司马。在浔阳湓浦口送客时，白居易因听到琵琶女绝妙的演奏，又听到其自述昔盛今衰、漂泊江湖的身世，勾起了自己的天涯沦落之感，遂作此长诗以赠。白居易发展了长篇歌行的叙事艺术，他的歌行擅长铺叙，篇幅之长、文字之繁，远超前人。长篇歌行讲究有详有略，此诗以详为主，但各段的描写各有重点和特色，在结构中不可或缺，体现出七言歌行的高度成熟。

钱塘湖春行[1]

〔唐〕白居易

gū shān sì běi jiǎ tíng xī, shuǐ miàn chū píng yún jiǎo dī.
孤山[2]寺北贾亭[3]西，水面初平[4]云脚低[5]。

jǐ chù zǎo yīng zhēng nuǎn shù, shuí jiā xīn yàn zhuó chūn ní.
几处早莺争暖树[6]，谁家新燕[7]啄[8]春泥。

luàn huā jiàn yù mí rén yǎn, qiǎn cǎo cái néng mò mǎ tí.
乱花[9]渐欲迷人眼[10]，浅草才能没[11]马蹄。

zuì ài hú dōng xíng bù zú, lǜ yáng yīn lǐ bái shā dī.
最爱湖东行不足[12]，绿杨阴里白沙堤[13]。

①钱塘湖春行：钱塘湖，即杭州西湖。

②孤山：在西湖的里湖与外湖之间，山上有孤山寺，南朝陈文帝天嘉年间（560—565）所建。

③贾亭：即贾公亭。唐贞元年间（785—805），贾全在杭州做官时在西湖边建造此亭。

④水面初平：春天湖水初涨，水面刚刚与湖岸齐平。初，刚刚。

⑤云脚低：白云重重叠叠，同湖面上的波浪连成一片，看上去浮云很低。

⑥暖树：向阳的树。

⑦新燕：刚从南方飞回来的燕子。

⑧啄：衔取。

⑨乱花：纷繁的花。

⑩迷人眼：使人眼花缭乱。

⑪没：遮没，盖没。

⑫行不足：游不够，舍不得离开。

⑬白沙堤：指西湖的白堤，又称“沙堤”或“断桥堤”，在西湖东畔，唐朝以前已有。白居易任杭州刺史时所筑白堤在钱塘门外，是另一条湖堤。

诗歌鉴赏

这是一首吟咏西湖湖光山色的七言律诗，全诗处处紧扣环境和季节的特征，把刚刚披上春天外衣的西湖描绘得生意盎然，恰到好处。诗的首联紧扣题目，总写湖水。上句点出钱塘湖的方位和四周“楼观参差”的景象，两个地名连用，显示出一种边走边看的动感。下句正面写湖光水色：春水初涨，水面与堤岸齐平，空中舒卷的白云和湖面荡漾的波澜连成一片。颔联写仰视所见禽鸟，以“早”“新”“争”“啄”表现莺燕新来的动态，显示出春天的勃勃生机。颈联写俯察所见花草，以“乱”“浅”“渐欲”“才能”状写花草向荣的趋势。因为是早春，春草长得还不够丰茂，仅有没过马蹄那么高，所以用来形容草的“浅”字极妙。这三联准确而生动地把诗人边行边赏所见的早春气象透露出来，给人以清新之感。尾联略写诗人最爱的湖东沙堤。白沙堤在湖东岸，绿杨荫里，平坦而修长的白沙堤上骑马游春的人来往如织，尽情享受春日美景。诗人置身其间，饱览湖光山色之美，心旷而神怡。

以诗观史

唐穆宗长庆二年（822）七月，白居易被任命为杭州刺史，唐敬宗宝历元年（825）三月，白居易出任苏州刺史，按此推算，这首《钱塘湖春行》应当写于长庆三年（823）至长庆四年（824）间的春天。白居易在杭州为官期间，关心百姓，兴修水利，亲自主持修筑了西湖的湖堤，对杭州这座城市怀有深厚的感情，留下了不少描写杭州的千古名作，这首诗便是其中之一。白居易的诗歌创作实践了他自己诗歌语言通俗化的主张，但却“语浅意深，语近意远”，被清代刘熙载誉为“用常得奇”，不仅写实讽喻诗如此，他的写景抒情诗亦如此，这首诗便是此方面的代表，影响了后世许许多多的西湖纪行诗。

53

清明①

〔唐〕杜牧

qīng míng shí jié yǔ fēn fēn
清明时节雨纷纷②，

lù shàng xíng rén yù duàn hún
路上行人欲断魂③。

jiè wèn jiǔ jiā hé chù yǒu
借问④酒家何处有？

mù tóng yáo zhǐ xìng huā cūn
牧童遥指杏花村。

① 清明：我国传统节日，二十四节气之一，在阳历四月五日前后，有扫墓、踏青等习俗。
② 纷纷：形容多。
③ 欲断魂：形容伤感极深，好像灵魂要与身体分开一样。
④ 借问：请问。

诗歌鉴赏

这是一首七言绝句。诗歌首句用“纷纷”两个字来形容清明的雨，那种叫人感到“纷纷”的，绝不是大雨，而是细雨。这细雨实际上还在形容着那位雨中行人的心情。“行人”不等于“游人”，不是那些游春逛景的人，而是出门在外的行旅之人。本来，清明节行旅之人已经有不少心事，再加上身在雨丝风片之中，那心境便更加凄迷纷乱了。所以说，“纷纷”是形容春雨，也形容情绪；甚至不妨说，形容春雨就是为了形容情绪。这正是中国古典诗歌里寓情于景、情景交融的一种绝艺、一种胜境。前两句交代了情景，“断魂”的情绪也生发了，须得寻求一个解决的途径。行人于是想到：到哪里找个小酒店才好？一来歇歇脚，避避雨；二来小饮三杯，解解料峭中的寒意，暖暖被雨淋湿的衣服；最要紧的是，借此散散心头的愁绪。于是，行人向人问路了。诗歌第三句里并没有说出行人是向谁问路的，第四句直言：“牧童遥指杏花村。”牧童是否答话了，我们不得而知，但是诗中交代牧童以行动答复了行人，这比答话还要鲜明有力。写到“遥指杏花村”，这首诗就戛然而止，不再多费一句话。剩下的，行人怎样闻讯而喜，怎样兴奋地找着了酒店，怎样避雨、消愁……这些都留在了诗外，由读者去想象。这就是古典诗歌艺术的“有余不尽”。

以诗观史

杜牧（803—852），字牧之，因晚年长居樊川别舍，被称为“杜樊川”，晚唐著名诗人，世称“小杜”，与李商隐齐名，二人合称“小李杜”。晚唐诗坛中，杜牧诗歌的声誉极高，其诗风被《新唐书》评价为“情致豪迈”。写景抒情的七言绝句是杜牧成就最高的诗歌体裁之一，这些诗精练含蓄、委婉曲折，表达出丰富的情思，以少胜多，耐人寻味。这首《清明》便是杜牧七绝的代表作，寥寥几笔勾勒出一幅江南清明烟雨图景，蕴含着无限情思。

泊秦淮①

〔唐〕杜牧

yān lǒng hán shuǐ yuè lǒng shā
烟笼②寒水月笼沙，

yè bó qín huái jìn jiǔ jiā
夜泊秦淮近酒家。

shāng nǚ bù zhī wáng guó hèn
商女③不知亡国恨，

gé jiāng yóu chàng hòu tíng huā
隔江犹唱后庭花④。

① 泊秦淮：秦淮，即秦淮河，源出今江苏南京，流入长江。
② 笼：笼罩。
③ 商女：歌女。
④ 后庭花：曲名，《玉树后庭花》的简称。南朝陈亡国之君陈叔宝所作，后世多称之为亡国之音。

诗歌鉴赏

这是一首七言绝句，描写了诗人泊船于秦淮河上时的所见所闻。首句两个“笼”字传神地写出了夜深时秦淮河上水烟弥漫、月色迷蒙的景色。用这种清冷的色调来烘托酒家的歌舞喧闹，正点出了热闹背后空幻和悲凉的本质：昔日繁华如云烟消逝，只有这水、这月、这沙是永恒的存在，见证着六朝的兴亡。《玉树后庭花》向来被视为亡国之音，商女只知卖唱，而那些在此寻欢的客人也同样麻木不仁。纵观全诗，诗人深沉含蓄的兴亡之感先是被朦胧清冷的烟水沙月所触发，又被隔江商女所唱的靡靡之音彻底唤醒，凝聚成足以警世的千古绝唱。

以诗观史

秦淮河源出江苏溧水，穿过南京市区，流入长江。南京古称建康，曾是东吴、东晋和南朝宋、齐、梁、陈六个朝代的都城，一度繁盛至极。到晚唐时，这里仍是商业繁荣、富贾士子寻欢作乐的地方。《玉树后庭花》是南朝陈亡国之君陈后主所制的淫靡歌曲，向来被视为亡国之音。这首诗写秦淮夜景与歌声，却寄寓着历史兴亡之感，无疑是对那些在国势衰微之时依然纵情声色、醉生梦死之人的绝妙讽刺，因此这首诗也被视作杜牧咏史诗的代表作之一。咏史诗历代都有，但在中唐后期至晚唐大量出现，这反映了诗人对唐王朝逐渐衰微的失望与忧心，具有鲜明的时代特色。

诗史时刻

『温李』

晚唐诗人温庭筠（yún）和李商隐并称“温李”。二人的诗歌在内容题材、艺术成就方面有所差异，但共通之处在于继承六朝诗风，色彩艳丽，笔调柔婉，绮丽精巧。这种诗风对晚唐诗坛有很大影响，还为后来宋代的婉约词派开启了先河。

简介：

温庭筠（约801—866），原名岐，字飞卿，晚唐重要诗人、词人。他的诗与李商隐齐名，但他更重要的文学成就是词的创作。他是花间词人的代表，与韦庄并称“温韦”。

诗歌风格：

（1）其乐府诗多写闺阁、宴游题材，华美秾丽，如《春愁曲》等。

（2）他也有一些清丽之作，如《商山早行》《经五丈原》等。

温庭筠

李商隐

简介：

李商隐（813—858），字义山，号玉溪生，是晚唐最杰出的诗人，与杜牧并称“小李杜”。唐穆宗至宣宗年间，朝廷牛李党争激烈，李商隐年少时受牛党官员赏识与提拔，后又被李党官员招为女婿，因此他长期被指责“背恩”，郁郁不得志。

诗歌风格：

（1）其无题诗、爱情诗最为人所传诵，或写爱情，或别有寄托，以非逻辑、跳跃的意象组合虚化诗境，使诗歌变得情思弥漫，朦胧多义，不可索解。

（2）其政治诗、咏史诗关心现实和国家命运，讽刺君王无道误国，这类诗往往构思细密、旨趣深僻。

（3）其咏怀诗吟咏怀抱、感慨身世，其咏物诗托物寄情，这些诗传达诗人伤己伤时的精神痛苦，传神写意，曲折往复。

（4）他充分发挥了诗歌在抒情表心方面的作用，对心灵世界的深入开拓与表现远超前人，其诗较少直抒胸臆，而是千回百转，一波三折。

无题

〔唐〕李商隐

xiāng jiàn shí nán bié yì nán, dōng fēng wú lì bǎi huā cán.
相见时难别亦难，东风无力百花残。
chūn cán dào sǐ sī fāng jìn, là jù chéng huī lèi shǐ gān.
春蚕到死丝①方尽，蜡炬成灰泪②始干。
xiǎo jìng dàn chóu yún bìn gǎi, yè yín yīng jué yuè guāng hán.
晓镜但愁云鬓改③，夜吟应觉月光寒。
péng shān cǐ qù wú duō lù, qīng niǎo yīn qín wèi tàn kàn.
蓬山④此去无多路，青鸟⑤殷勤为探看。

① 丝：这里与“思”字谐音，双关。

② 泪：蜡烛燃烧时流下的烛油，称为“蜡泪”。

③ 云鬓改：意思是青春年华消逝。云鬓，指年轻女子的秀发。

④ 蓬山：神话中海上的仙山，这里借指所思女子的住处。

⑤ 青鸟：神话中为西王母传信的神鸟，后为信使的代称。

诗歌鉴赏

这是一首七言律诗，首句连用两个“难”字，犹如两声长叹，感叹外力阻挠下的相聚之难，抒发难舍难离的深情。“东风无力百花残”是晚春之景，更象征着被摧残的爱情。这一联从聚散两方面说透了相爱之不易，奠定了全诗凄苦柔弱的基调。颔联的“春蚕丝尽”与“蜡炬泪干”从生生死死的角度写终生相思的痛苦。颈联的“晓镜”“夜吟”从朝朝暮暮的角度写每日相思的痛苦。尾联暗示两人离得不远，或许能托人探看，似乎尚未绝望。但蓬山原是道教传说中的仙山，青鸟是为西王母传递音讯的信使，这两个典故的使用将对方喻为可望而不可即的仙子，其实深含着相见无望的悲哀。

以诗观史

李商隐被誉为唐代最优秀的爱情诗人，他的爱情诗大多用“无题”或首句的头两字为诗题。这类诗往往迷离难解，究竟是写难言的隐秘恋情，还是别有政治寄托，历来众说纷纭。但它们以爱情描写为文本内容，却是无可争辩的事实。人们尤其欣赏这些诗中的朦胧美。因为诗人通过许多互不连贯的意象，将爱情生活中的痛苦和怅惘表现得深切美丽，概括了很多人共同体验过的情绪。这首诗的颔联借用南朝乐府民歌以“丝”与“思”谐音的双关手法，但比南朝乐府中类似的比喻更透彻、更精辟，也更深刻地写出了刻骨铭心的柔情；以蜡泪喻人泪，以蜡心燃烧喻煎心的痛苦，南朝诗中亦颇多见，但李商隐讲得更彻底。全诗对仗工整，笔意流畅，又善于化用乐府比兴，浓情丽藻，摄人心魄，因而被论者誉为李商隐《无题》诸篇之冠。

56

锦瑟①

〔唐〕李商隐

jǐn sè wú duān wǔ shí xián， yì xián yí zhù sī huá nián。
锦瑟无端②五十弦，一弦一柱③思华年。
zhuāng shēng xiǎo mèng mí hú dié， wàng dì chūn xīn tuō dù juān。
庄生晓梦迷蝴蝶④，望帝春心托杜鹃⑤。
cāng hǎi yuè míng zhū yǒu lèi， lán tián rì nuǎn yù shēng yān。
沧海月明珠有泪⑥，蓝田⑦日暖玉生烟。
cǐ qíng kě dài chéng zhuī yì， zhǐ shì dāng shí yǐ wǎng rán。
此情可待成追忆，只是当时已惘然。

① 锦瑟：装饰华美的瑟。瑟，拨弦乐器，通常二十五弦。
② 无端：无缘由。
③ 柱：瑟上系弦的木块。
④“庄生”句：庄周梦到自己变成了蝴蝶，醒来后觉得自己还是庄周，因此困惑不已。典出《庄子·齐物论》。李商隐引用庄周梦蝶的故事，以言人生如梦、往事如烟之意。
⑤“望帝”句：传说中蜀国的君主望帝被迫退位，死后化为杜鹃鸟，把哀怨情思都寄托在悲切的啼鸣之中。
⑥ 珠有泪：传说海中有鲛人，其泪化为珍珠。
⑦ 蓝田：山名，在今陕西蓝田东南，以产美玉闻名。

宋代诗歌的最大特征，就是诗和词这两种诗歌体裁都大放异彩。宋诗在唐诗的基础上继续发展，形成诗史上足以与唐诗媲美的另一座高峰。一般来说，唐诗主情，宋诗主意。唐情、宋意既互相对立，又互相补充，成为古典诗歌美学的两大范式。唐诗大家有李白、杜甫、白居易，宋诗大家有苏轼、王安石、黄庭坚、陆游，他们都是可以相互比肩的重量级人物。宋词则被誉为有宋一代文学之胜，在整个词史上占有无与伦比的巅峰地位。宋词的艺术成就十分突出，题材范围也几乎与五七言诗同样广阔。宋词风格婉约与豪放并存，清新与典雅相竞。就总体成就而论，宋代诗词在当代的阅读价值堪与唐诗相提并论。

诗史时刻

『梅欧』

宋初诗文沿袭晚唐五代浮靡的文风，梅尧臣、欧阳修等人主张对诗文进行革新，要求文学反映现实，改变浮靡的文风，这对宋诗发展产生了重要影响。

梅尧臣：“宋诗开山祖师”

梅尧臣及其诗史地位

简介

梅尧臣（1002—1060），字圣俞，世称宛陵先生。

“苏梅”

在诗坛中，梅尧臣与苏舜钦齐名，时人并称“苏梅”。

“梅欧”

梅尧臣与欧阳修交好，两人都是北宋诗歌革新运动的推动者，对宋诗的发展产生了巨大的影响，后人并称其为“梅欧”。

梅尧臣诗及其开拓性

平淡特色

梅尧臣诗以平淡为主要特色。他的诗不追求华丽辞藻，而是用平淡自然的表达、朴素简洁的语言来描绘生活的真实面貌，贴近日常生活。

题材创新

梅尧臣的诗歌在题材上进行开拓和创新，在旧有的题材中发掘新的意蕴，将生活中的俗物以雅致的方式表现出来。

后世影响

后世许多诗人受到了梅尧臣的影响，纷纷追求平淡自然的风格，使宋诗逐渐形成了以平淡为美的审美取向。

欧阳修："一代文宗"

欧阳修及其诗史地位

简介

欧阳修（1007—1072），字永叔，号醉翁，晚号六一居士。

引领转变

欧阳修引领了宋代士风和文风的根本转变。

唐宋八大家之一

欧阳修同时是唐宋八大家之一，北宋一代文宗，他的诗歌受其古文的影响很大。

欧阳修诗及其开拓性

散文化

欧阳修的诗歌继承了韩愈以文为诗的传统，表现出明显的散文化倾向。作为一代文宗，他善于运用古文的章法来写诗，句子彻底散行，长短句杂出，形式上更具变化和个性，突破了传统诗歌的束缚，为宋诗的发展注入了新的活力。

议论抒怀

（1）欧阳修的诗歌有议论时政、反映现实、发挥诗歌讽喻劝谏功能之作，如《食糟民》。

（2）欧阳修也有不少记录个人生活经历和抒发情怀之作，体现出自然清新、平易晓畅的特色，如《戏答元珍》。

唐诗向宋诗转变

欧阳修的诗歌体现了唐诗向宋诗的转变，既保留了诗体相对整齐凝练的传统，又使诗体形式具有弹性，使诗的节奏、声律多变，语言自然流畅。

鲁山山行[1]

〔北宋〕梅尧臣

shì yǔ yě qíng qiè，qiān shān gāo fù dī。
适[2]与野情[3]惬[4]，千山高复低。

hǎo fēng suí chù gǎi，yōu jìng dú xíng mí。
好峰随处改[5]，幽径独行迷[6]。

shuāng luò xióng shēng shù，lín kōng lù yǐn xī。
霜落熊升树，林空鹿饮溪。

rén jiā zài hé xǔ？yún wài yì shēng jī。
人家在何许？云外一声鸡[7]。

①鲁山山行：鲁山，在今河南鲁山县。
②适：恰好，正好。
③野情：爱好山野的情趣。
④惬：称心，快意。
⑤随处改：随着观察视角发生变化。
⑥迷：迷恋，陶醉。
⑦一声鸡：一声鸡鸣。鸡为家禽，有人家居住才有鸡鸣。

④ 屠苏：药酒名。古代风俗，于农历正月初一饮屠苏酒以避瘟疫。
⑤ 曈曈：形容太阳出来后天色渐亮的样子。
⑥ 新桃换旧符：用新桃符换下旧桃符。桃符是古代新年时挂在大门上的两块桃木板，主要用以辟邪祈福。过新年时，人们一般会用新的桃符替换旧的桃符，后来过年贴春联就是由更换桃符演变而来的。

诗歌鉴赏

这是一首描写新年元日的七言绝句。正月初一，随着阵阵爆竹声响，人们辞去旧岁；和暖的春风吹来了新年，人们欢乐地畅饮着新酿的屠苏酒。初升的太阳照耀着千家万户，人们都忙着把旧的桃符取下，换上新的桃符。这是一派多么喜庆、多么热闹的场景啊！旧的一年逝去了，新的一年明亮美好。短短一首小诗，带给人们向前向上的巨大动力和无限期待。

以诗观史

王安石既是大诗人，也是大政治家。宋神宗在位期间，王安石被任命为宰相，他推行新法，进行改革。虽然由于种种原因，新法推行一段时间后很难再继续下去，变法最终失败了，但王安石勇于变革的精神今天仍值得我们学习。《元日》作于变法初期，新法初行正如元日辞旧迎新一样，王安石借此诗表达了坚定的改革立场与对变法带来新气象的期待。新年元日有众多可写之事，这首诗只抓住了最典型的放鞭炮、饮屠苏酒、换桃符三件事，略作勾勒便已画出了一幅深入人心的新年景象，也因此这首诗成为中国诗歌史上书写新年的诗歌中流传最广的一首。

61

书湖阴先生壁二首（其一）①

〔北宋〕王安石

máo yán cháng sǎo jìng wú tái huā mù chéng qí shǒu zì zāi
茅檐长扫净无苔②，花木成畦③手自栽。

yì shuǐ hù tián jiāng lǜ rào liǎng shān pái tà sòng qīng lái
一水护田将绿绕，两山排闼④送青来⑤。

① 书湖阴先生壁：书，书写，题诗。湖阴先生，杨骥，字德逢，别号湖阴先生，是王安石晚年退居江宁时的邻居。

② 苔：青苔。

③ 畦：这里指种有花木的一块块排列整齐、周围有土埂围着的土地。

④ 排闼：推开门。闼，小门。

⑤ 送青来：送来绿色。

诗歌鉴赏

这是一首描写诗人邻家庭院景象的七言绝句。诗人晚年隐居在江宁，他的邻居好友湖阴先生是一个非常有生活情趣的人。他经常把庭院打扫得干干净净，屋前石阶上看不到一点儿青苔，庭院里的花草树木也都是他亲手栽种的。热爱生活的他也受到了大自然的偏爱，他的屋外绿水环绕，青山排列，为他送来秀丽的风光。对于好友这样闲适的生活，诗人十分向往，于是题了这首诗以表达赞美之情。

以诗观史

王安石晚年罢官，隐居江宁，生活和心情发生了变化，这引起了他诗风的变化。在这期间，他创作了较多的描写湖光山色的小诗，其主要体裁是绝句。这些诗风格趋于含蓄深沉，注重对艺术的锤炼，《书湖阴先生壁》就是其中的代表作。由于王安石晚年被封为荆国公，居住在半山，他这些风格独特的诗被称为“王荆公体”，又称“半山体”。黄庭坚说：“荆公暮年做小诗，雅丽精绝，脱去流俗。”王荆公体的长处是用字精工、用事精切、对偶精巧，既有深沉婉转从容不迫的地方，也有生硬奇崛的地方。这种作诗之法对宋代最大的诗派“江西诗派”有开创作用，王安石本人也被视为江西诗派的先驱。

诗史时刻

『全才巨匠』苏轼及其诗歌

苏轼（1037—1101），字子瞻，号东坡居士，与父苏洵、弟苏辙三人并称“三苏”，是北宋著名的思想家、政治家、文学家、艺术家。

苏轼的人生经历颇为坎坷，他曾多次被贬，但始终保持乐观和达观的态度，其文学创作在贬谪黄州（今湖北黄冈）时期达到巅峰。

苏轼在文、诗、词三方面都达到了极高的造诣，堪称宋代文学最高成就的代表，他的文学成就和人格魅力使他在中国文化史上享有极高的声誉。苏轼的创造性活动不局限于文学，他在书法、绘画等领域的成就都很突出，对医药、烹饪、水利等技艺的发展也有所贡献。

全才式的巨匠

思想家

苏轼深受儒、释、道影响，又精研法老名墨、纵横阴阳乃至三教九流等各种思想，融会贯通，博采众长，代表作有《东坡易传》《书传》《论语说》。苏轼的思想还散见于其大量的策论、奏札中，涉及天道人性、治国理政、人生哲思、艺术美学等诸多领域，他还是宋代重要学术流派“蜀学”的代表人物。

政治家

苏轼一生在汴京及杭州、密州、徐州、湖州等多地任职，反对新法，其所行之政多利于人民。

文学家

苏轼位列唐宋八大家，其文与欧阳修并称“欧苏”，诗与黄庭坚并称“苏黄”，词与辛弃疾并称“苏辛”，堪称宋代文学最高成就的代表。

全才式的巨匠

书法家

苏轼擅长行书、楷书，与黄庭坚、米芾、蔡襄并称“宋四家”，存世作品有《赤壁赋》《黄州寒食诗》《祭黄几道文》等帖。

画家

苏轼擅长画墨竹，且绘画重视神似，主张画外有情，画要有寄托，反对形似，提出“士人画”的概念，为以后“文人画”的发展奠定了一定的理论基础，代表作品有《枯木怪石图》《潇湘竹石图》。

治水名人

苏轼在徐州、杭州、颍州等地任地方官时，多次主持兴修水利。他还是一位水利理论家，撰有《熙宁防河录》《禹之所以通水之法》《钱塘六井记》等水利著述。杭州西湖著名的苏堤就是他主持修建的。

擅长医药

苏轼精通医药，热心医事，创办安乐坊，搜辑善本良方，撰著医书《苏学士方》。后人将其和沈括的医方放在一起，编纂成了《苏沈良方》。

精于烹饪

苏轼创制了东坡肉、东坡羹等美食，这些美食流传至今。

苏轼的诗歌创作

以贬谪黄州为界，苏轼的诗歌创作可分为前后两期。

创作分期

前期

苏轼怀着宏大的政治抱负，本着儒家经世致用的思想，创作了一批富有批判精神的社会政事诗，其中部分是针砭时弊和讽刺新法的作品。

后期

贬谪黄州后，苏轼诗作大多抒写复杂矛盾的人生感慨，以超然物外、随缘自适的佛老思想为基调，创作风格由豪健清雄向清旷简远、平淡自然转变。

主要内容题材

社会政治诗

反映民生疾苦和时政得失，如《荔枝叹》。

山水哲理诗

将人生感悟融入山水景色之中，如《题西林壁》。

和陶诗

和陶诗是晋代以后诗人因推崇陶渊明的诗歌，以步韵、次韵、从韵等形式创作的诗。苏轼的和陶诗描写亲身经历的生活，如《和陶归园田居》。

题画诗

提出诗画理论，诗中富有画面的动态美，如《惠崇春江晚景》。

苏轼诗歌的风格和艺术特色

苏轼的诗风被称为“东坡体”。

苏轼诗歌的风格和艺术特色

清雄

苏轼诗歌注重两种互相对立的风格的融合，在创作中追求阴柔之美和阳刚之美互相渗透，刚柔并济，这种风格被评论家称为“清雄”。

比喻用典

苏轼诗歌技巧炉火纯青。比喻新颖生动，层出不穷，如《百步洪》；用典精妙贴切，浑然天成，如《饮湖上初晴后雨》。

各体兼备

苏轼诗歌兼备各体，尤擅七言，且风格多样。他的七绝清丽精美，七古气格雄健豪放。

苏轼诗歌对后世的影响

苏轼无疑是北宋诗坛第一大家，在题材的广泛、风格形式的多样、情思内蕴的深厚等方面，苏诗都做到了出类拔萃。苏诗具有较强的艺术兼容性，基本上避免了宋诗在唐诗之外求新求变带来的呆板生硬和枯燥之味的缺点。苏轼在总体成就上实现了对同时代其他诗人的超越，成为最受后世欢迎的宋代诗人。

题西林壁①

〔北宋〕苏轼

héng kàn chéng lǐng cè chéng fēng， yuǎn jìn gāo dī gè bù tóng。
横看②成岭侧成峰，远近高低各不同。

bù shí lú shān zhēn miàn mù， zhǐ yuán shēn zài cǐ shān zhōng。
不识③庐山真面目④，只缘⑤身在此山中。

① 题西林壁：题，书写，题写。西林，西林寺，在今江西庐山脚下。
② 横看：从正面看。庐山总体呈南北走向，横看就是从东西向看。
③ 不识：不能认识，辨别。
④ 真面目：指庐山真实完整的面貌。
⑤ 缘：因为，由于。

诗歌鉴赏

这是一首描写庐山景色又蕴含哲理的七言绝句。诗人在被贬黄州四年后，又被调到汝州。经过九江时，他和朋友一同到庐山游玩。庐山峰峦起伏，随着观赏位置的变化，看到的景色也不一样。庐山的真实面貌到底是怎样的呢？这一疑问引起了诗人的思考。在遍览庐山的名胜之后，在对庐山的整体面貌了然于胸之时，诗人在西林寺的墙壁上以胸有成竹的笔调题写了这首诗。此诗描写庐山变化多姿的面貌，并借景说理，指出观察问题应客观全面，如果主观片面，就无法得出正确的结论。

以诗观史

人们常称宋诗以“理趣”见长，并注重探索诗中之理，其实诗歌的“理”“趣”缺一不可。若无趣味，即使诗包含哲理，也未必是好诗。诗一定要理趣兼备，方能耐人寻味，百读不厌。此诗即为宋诗理趣兼备的范例。此诗最大的优点不在于它说出了一个哲理，而在于它把这个哲理表达得如此清晰、准确、生动。苏轼不但避开了逻辑的论证，而且省略了他要表述的哲理自身，四句诗仿佛是在说理，但实际字字不离游览庐山之事。如果从理趣诗的角度来评价此诗的话，它的价值既在于精警的哲理，更在于生动的趣味，这正是苏轼论诗时所推崇的“奇趣”。

饮湖上初晴后雨二首（其二）

〔北宋〕苏轼

shuǐ guāng liàn yàn qíng fāng hǎo
水光潋滟①晴方②好，

shān sè kōng méng yǔ yì qí
山色空蒙③雨亦④奇。

yù bǎ xī hú bǐ xī zǐ
欲把西湖比西子⑤，

dàn zhuāng nóng mǒ zǒng xiāng yí
淡妆浓抹总相宜⑥。

① 潋滟：波光闪动的样子。

② 方：正。

③ 空蒙：迷茫缥缈的样子。

④ 亦：也。

⑤ 西子：即西施，春秋时代越国著名的美女。

⑥ 总相宜：总是很合适，十分自然。

诗歌鉴赏

这是一首描写西湖景色的七言绝句。从诗意看，作诗当天朝晴暮雨，诗人既为酒所醉，亦为美景所醉。此诗以概括性极强的手法描写西湖的美景。第一句写阳光照耀下波光粼粼的西湖，第二句写雨丝风片中隐约朦胧的西湖。后两句把晴雨皆美的西湖喻为淡妆浓抹皆美的西施，内含深刻的哲思，又不失生动的趣味。诗人的思想自由通脱，其情感既执着又潇洒。他以宽广的胸怀拥抱人生，以超越的眼光观察天地自然。此诗表面上是对西湖景色的赞叹，其实何尝不是诗人旷达人生观的生动体现呢？

以诗观史

苏轼在杭州任职期间，曾写下大量有关西湖景物的诗，这首《饮湖上初晴后雨》就是其中的突出代表。这首诗所描绘的并非西湖一时或一处之景，而是对西湖美景的全面写实与总体印象。苏轼把西湖比作绝色美人西施，赋予了西湖生命之美，更使西湖有了西子湖之名。这首诗深得后人好评，清代学者、诗人王文诰大赞其为“前无古人，后无来者之名篇”，清末陈衍《宋诗精华录》说：“后二句遂成为西湖定评。”其实全诗都是“西湖定评”，堪称古今西湖诗中的绝唱。

游金山寺[1]

〔北宋〕苏轼

wǒ jiā jiāng shuǐ chū fā yuán， huàn yóu zhí sòng jiāng rù hǎi。
我家江水初发源，宦游直送江入海。

wén dào cháo tóu yí zhàng gāo， tiān hán shàng yǒu shā hén zài。
闻道潮头一丈高，天寒尚有沙痕在。

zhōng líng nán pàn shí pán tuó， gǔ lái chū mò suí tāo bō。
中泠[2]南畔石盘陀[3]，古来出没随涛波。

shì dēng jué dǐng wàng xiāng guó， jiāng nán jiāng běi qīng shān duō。
试登绝顶望乡国，江南江北青山多。

jī chóu wèi wǎn xún guī jí， shān sēng kǔ liú kàn luò rì。
羁愁畏晚寻归楫[4]，山僧苦留看落日。

wēi fēng wàn qǐng xuē wén xì， duàn xiá bàn kōng yú wěi chì。
微风万顷靴文细，断霞半空鱼尾赤。

shì shí jiāng yuè chū shēng pò， èr gēng yuè luò tiān shēn hēi。
是时江月初生魄[5]，二更月落天深黑。

jiāng xīn sì yǒu jù huǒ míng， fēi yàn zhào shān qī niǎo jīng。
江心似有炬火明[6]，飞焰照山栖鸟惊。

chàng rán guī wò xīn mò shí， fēi guǐ fēi rén jìng hé wù？
怅然归卧心莫识，非鬼非人竟何物？

jiāng shān rú cǐ bù guī shān， jiāng shén jiàn guài jīng wǒ wán。
江山如此不归山，江神见怪惊我顽。

wǒ xiè jiāng shén qǐ dé yǐ， yǒu tián bù guī rú jiāng shuǐ。
我谢[7]江神岂得已，有田不归如江水[8]。

① 游金山寺：金山寺，在今江苏镇江西北的长江边的金山上，宋时金山位于江心。
② 中泠：泉名，在金山西。
③ 石盘陀：形容石块巨大。
④ 归楫：从金山回去的船。楫，原是船桨，这里以部分代整体。
⑤ 初生魄：新月初生。苏轼游金山在农历十一月初三，所以这么说。
⑥ “江心”句：江心似乎有火把发出的光明。这可能是某种水生生物所发的光。
⑦ 谢：告诉。
⑧ 如江水：古人发誓以表明心迹的习惯用语，如晋代祖逖出征时曾发誓“不能清中原而复济者，有如大江”。这里是诗人向江神表明，自己是因无田可耕才不归隐。

诗歌鉴赏

这是一首记录诗人游览镇江金山寺所见所闻的七言古诗。开头两句想落天外，先从江水说起，既紧扣地理实况，又切合诗人身份。以下的篇幅主要描写景物及游踪。诗人先虚晃一笔，以“闻道潮头一丈高”虚写往日奇景，又以“天寒尚有沙痕在”实写眼前之景，一虚一实，不但精确、生动地写出江潮随着节令转换变化的自然规律，而且文情跌宕，多含感慨。诗人进而感慨古今的变迁，欣赏落日之美，感悟江心火光对自己及早归隐的警示。“有田不归如江水”的结尾不但与开头的“我家江水初发源”遥相呼应，而且与诗中对江景的细致描绘绾合紧密，章法细密妥帖，诗情波澜迭起。

以诗观史

这首诗作于苏轼三十六岁之时，此时，王安石执政，大力推行新法。苏、王二人虽多有交往，却有着不同的政见。苏轼对王安石激进的变法深感不安，也看到了新法推行过程中存在很多弊端。对此，他多有批评，这引起了当权者的不满。苏轼主动请求外任。赴任杭州通判途中，他经过镇江，便到城外长江中的金山寺拜访寺中两位长老。因两位长老盛情款待，盛情难却，苏轼宿在寺中，得以半夜观赏江上夜景。他面对到海不回的长江浮想联翩，写下了这首七言古诗。这首诗在艺术上极其成熟，是最早体现苏诗独特风格的佳作。这首诗描写生动细致，叙事层次分明，但又笔势飞腾，惆怅的心情与潇洒的风度融于一体，失意的叹喟中时露豪迈之气，堪称诗化的“东坡风神”。此诗既是一首游览诗，也是一首咏怀诗。它在精丽生动的游踪叙述和景物描绘中融入身世之感乃至政治意味，从而具备极其丰富的内涵，这是苏轼对游览诗功能的扩展与提升。

诗史时刻

黄庭坚与江西诗派

黄庭坚（1045—1105），字鲁直，号山谷道人，是北宋时期杰出的诗人、词人、书法家。黄庭坚与苏轼亦师亦友，两人都喜爱文学与书法，并称“苏黄”。黄庭坚又与张耒（lěi）、晁（cháo）补之、秦观并称“苏门四学士”。

黄庭坚的诗歌成就卓越，他的诗作讲究修辞造句，强调“无一字无来处”，多写个人日常生活，说理细密。

黄庭坚的诗歌深受杜甫影响，讲究法度，思路有迹可循，便于学习，因此追随者众多，黄庭坚也因此被推崇为江西诗派的开山之祖。他在宋代文化界的地位极高，影响力巨大，是文学史和书法史上的一位重要人物。

黄庭坚的诗歌创作

内容题材

赠答、次韵、咏物诗

日常交际赠答诗、次韵诗以及咏物诗，如《寄黄几复》。

社会政治诗

反映民生疾苦和时事政治的诗，如《流民叹》《虎号南山》。

感怀诗

表现自我人格和襟怀的抒情写意的感怀诗，如《登快阁》。

风格和艺术特色

生新

黄庭坚早年在诗歌艺术上追求生新，力求在唐诗之外另辟境界，他认为“文章最忌随人后”，因此他的诗歌创作都贯彻了求新求变的精神，追求诗境的生新美和诗语的峭拔美，直到晚年，他的诗歌风格才渐趋于追求平淡。

文人气

黄庭坚的诗歌文人气和书卷气浓厚，人文意象密集，喜爱吟咏与文人生活有关的书画作品、亭台楼阁，以及笔、墨、纸、砚、香、扇等物品。

炼字造句

黄庭坚学习杜甫炼字造句，同时对前代诗歌的语言艺术积极借鉴，对前人的句法、句律、典故、艺术感悟参熟后重新化用，使黄诗成为一种融合自我思想的审美创造。

声律奇峭

黄庭坚的诗还有声律奇峭的特点，句中音节打破常规，多用拗句。所谓拗（ào）句，主要是将律诗中的句式和平仄加以改变，造成一种打破平衡和谐的效果。黄庭坚经常在诗中刻意求奇而造拗句，作硬语，这是黄诗生新瘦硬风格的来源。

黄庭坚诗歌的影响

黄庭坚的诗歌在当时就以鲜明的风格特征而自成一体，被称为“黄庭坚体”或“山谷体”。如果以唐诗为参考系，那么“山谷体”的生新程度是最高的，它最典型地体现了宋诗的艺术特征，同时山谷诗也有奇险、生硬、不够自然的缺点。

江西诗派

江西诗派是因南宋吕本中的《江西诗社宗派图》而得名，由北宋黄庭坚创始的一个诗歌流派，成员多为江西人。江西诗派注重学习杜甫诗歌，过分强调作诗技巧，讲究章法句法，喜用拗句拗律，形成生新瘦硬、晦涩难懂的诗风。江西诗派有“一祖三宗”之说，以杜甫为“祖”，以黄庭坚、陈师道、陈与义为“三宗”。

寄黄几复①

〔北宋〕黄庭坚

wǒ jū běi hǎi jūn nán hǎi, jì yàn chuán shū xiè bù néng.
我居北海君南海②，寄雁传书③谢不能。

táo lǐ chūn fēng yì bēi jiǔ, jiāng hú yè yǔ shí nián dēng.
桃李春风一杯酒，江湖夜雨十年灯。

chí jiā dàn yǒu sì lì bì, zhì bìng bù qí sān zhé gōng.
持家但有四立壁④，治病不蕲⑤三折肱⑥。

xiǎng dé dú shū tóu yǐ bái, gé xī yuán kū zhàng xī téng.
想得读书头已白，隔溪猿哭瘴溪⑦藤。

① 寄黄几复：黄几复，名介，南昌人，是黄庭坚少年时的好友。

② 北海、南海：这里指作者所在的山东德州德平和黄几复所在的广东肇庆四会，一北一南，都离海不远。

③ 寄雁传书：这是源自汉班固《汉书·李广苏建传》的典故，用鸿雁传书指代书信传递。古代传说雁南飞最南边可达湖南衡阳回雁峰，而广东位于岭南，所以寄雁传书无法送达。

④ 四立壁：《史记·司马相如列传》记载，司马相如家中一无所有，只有四堵墙壁直立着。作者用这个典故来形容好友黄几复像司马相如一样贫穷，同时点明黄几复为官清廉。

⑤ 蕲：祈求。

⑥ 肱：上臂，大臂。《左传·定公十三年》说“三折肱，知为良医”，意思是一个人如果三次折断胳膊，就可以断定他是个好医生，因为他必然积累了治疗和护理的丰富经验。《国语·晋语》又有“上医医国，其次疾人”的说法。这句诗说的是黄几复不需要“三折肱”就已经是治理民病的良医了。

⑦ 瘴溪：旧传岭南边远之地多瘴气。

诗歌鉴赏

这是一首诗人寄赠友人的七言律诗，表达了诗人对好友深深的思念、对好友高洁品性的推赞，以及对其所处的恶劣生活环境的担忧。首联以“北海”“南海”写两人相距遥远，欲以鸿雁传书却无法实现。“谢不能”三字模仿鸿雁开口谢绝为诗人传书，写法生动有趣。颔联是千古传诵的名句，“桃李春风”而共饮“一杯酒”，写当初两人相会之乐，何其短促；“江湖夜雨”而各对“十年灯”，写眼前分离漂泊之苦，极其漫长。颈联与尾联从“持家”“治病”“读书”三个方面表现黄几复的为人、为政和处境。全诗感情深沉，真挚动人。

以诗观史

黄庭坚推崇杜甫，以杜甫为学习榜样。杜甫的不少律诗很讲究用典，黄庭坚把这一点推到极端，主张“无一字无来处”。这首《寄黄几复》就可以说每个字都有来历，但并不晦涩难通；还多处活用典故，丰富了诗句的内涵；同时取《左传》《史记》中的散文语言入诗，给这首律诗带来苍劲古朴的韵味。此诗善用典实，内蕴丰富，以故为新，很能表现出黄诗的特色，也体现出七言律诗发展至宋时的风貌。此后，陈师道、陈与义等数十人不断学习弘扬黄庭坚的诗法和诗风，逐渐形成了中国文学史上第一个有正式名称的诗文派别——江西诗派。元代方回在《瀛奎律髓》中总结道，江西诗派以杜甫为祖，以黄庭坚、陈师道、陈与义为三宗。

中兴四大家

中兴四大家，又称“南宋四大家”，是南宋前期的四位爱国诗人：陆游、杨万里、范成大、尤袤。

江西诗派的影响几乎遍及两宋诗坛，这四位诗人也曾或多或少地学习江西诗派的诗风诗法，但他们能超出江西诗派的藩篱，各自创作出思想、艺术各有特色的作品，对宋代诗歌的繁荣产生了深远影响，代表了宋代诗歌的第二个繁荣时期。

陆游

陆游

（一）陆游的生平

陆游（1125—1210），字务观，号放翁，南宋文学家、史学家、爱国诗人。他生于北宋灭亡之际，少年时期便深受家庭爱国思想的熏陶。四十五岁前任职为官，但因坚持抗金，屡遭主和派排斥，中年时期投身军旅入蜀，晚年被召回京，主持修史工作，后辞官回到山阴农村闲居。

（二）陆游的诗歌创作分期

陆游的创作道路与其生活经历密切相关，可分为三个时期。

▶ 四十五岁之前

陆游此时期的诗歌创作主要受江西诗派的影响，偏重形式技巧，诗歌的爱国忧民基调已初步奠定，但视野还不够广阔。

▶ 中年入蜀后

因受到蜀地军旅生活的影响，陆游此时期的诗歌充满了豪情壮志。

▶ 晚年退居家乡后

陆游此时期的诗歌更多地表达了闲居生活的闲适、对家乡的思念和对人生的感慨。

（三）陆游诗歌的内容题材

陆游诗歌的内容题材

爱国主题

爱国是陆游诗歌最重要的主题，其诗多抒发报国壮志和忧国深思，如《书愤》。

乡村隐居的闲情逸趣

陆游热爱生活，善于从日常生活中取材，进行细致入微的描绘，如《游山西村》《临安春雨初霁》。

爱情

陆游年轻时经历过一段不幸的爱情生活，他的爱情诗饱含真挚的情感，是古代爱情诗中不可多得的精品，如《沈园二首》。

（三）陆游诗歌的艺术特色

陆游诗歌熔李白的飘逸奔放与杜甫的沉郁顿挫于一炉，构成了独特的诗风。

陆游诗歌的艺术特色

雄浑豪健

陆游追求雄浑豪健的风格，其诗气势奔放，境界壮阔，多借幻境、梦境表现现实中无法实现的壮志豪情，形成飘逸奔放的特点，如记梦诗《十一月四日风雨大作》。

沉郁悲凉

现实中的重负，梦中幻境终究要消逝，形成了陆诗沉郁悲凉的一面，如"破驿梦回灯欲死，打窗风雨正三更"(《三月十七日夜醉中作》)。

章法严谨

陆诗语言平易晓畅，章法整饬严谨，即使七言古体也不例外。其七律尤以对仗工整、不落纤巧、新奇而不雕琢、平易近人著称，如"一身报国有万死，双鬓向人无再青"(《夜泊水村》)，刘克庄赞誉为"古人好对偶被放翁用尽"(《后村诗话》)。

杨万里

（一）杨万里的生平和诗歌艺术特色

杨万里（1127—1206），字廷秀，号诚斋，自号诚斋野客，南宋文学家。

杨万里的诗歌多反映民间疾苦，抒发深厚的爱国情感。同时，他的诗歌大多描写自然景物，以独特的视角发现和捕捉景物，生动形象，富有生机与活力。他的诗兴主要是在自然风物和日常生活的情趣上面，同时，理学思想增进了他对平凡事物中蕴含的哲理的思考，这使他的诗既有浓郁的生活气息，又富于理趣，例如《过松源晨炊漆公店》和《宿灵鹫禅寺》。他的诗歌语言浅近明白、清新自然，充满了幽默情趣。

（二）诚斋体

杨万里的诗自成一格，因其号诚斋，故严羽在《沧浪诗话》中将其诗风称为“杨诚斋体”，其风格特征是活泼自然，饶有谐趣。

诚斋体的特点之一是诗人把自己的主观情感最大限度地投射在客观事物上，他笔下的草木虫鱼，乃至山水风云，无不具有知觉和情感，无不充满生机和灵性。

特点之二是想象奇特，但是不用生僻的字句或奇崛的结构，而是用浅近明白的语言和流畅的音法，诗语近于口语。代表作品有《晓行望云》《小池》等。

范成大

（一）范成大的生平

范成大（1126—1193），字致能，一说作“至能”，号石湖居士，南宋文学家、书法家。范成大的一生经历丰富，他在登进士第后历任多个官职，政绩显著，晚年退居石湖。

（二）范成大诗歌的内容题材

纪行诗

主要描写山河破碎的景象和人民遭受蹂躏、盼望和平的情形，凭吊古代爱国志士的遗迹，以表示自己誓死报国的决心，如《宜春苑》《州桥》。

田园诗

范成大创造性地描写了农村生活的各种细节，实现了对传统题材的改造，使田园诗成为名副其实的反映农村生活之诗，以《四时田园杂兴六十首》最为著名。

（三）范成大诗歌的艺术特色

范成大诗的语言自然清新，风格温润委婉，只有少数作品风格峭拔。范成大诗的艺术成就很高，但其诗风的个性不够鲜明。

尤袤

尤袤（1127—1194），字延之，小字季长，号遂初居士，晚号乐溪、木石老逸民，南宋诗人。

尤袤的诗歌继承了杜甫的现实主义风格，关注现实问题，表达对朝廷投降的不满，对官员贪图享乐的批判和对国破家亡、民不聊生的忧虑。

与陆游的热情奔放不同，尤袤总是用平淡的语言揭露黑暗不堪的社会现实。

尤袤在当时也是著名的诗人，但他未能自成一家，作品大多已经散佚。从残存的五十多首诗来看，其诗风细润圆转，比较接近于范成大。

示儿[1]

〔南宋〕陆游

sǐ qù yuán zhī wàn shì kōng, dàn bēi bú jiàn jiǔ zhōu tóng.
死去元[2]知万事空，但[3]悲不见九州[4]同[5]。

wáng shī běi dìng zhōng yuán rì, jiā jì wú wàng gào nǎi wēng.
王师[6]北定[7]中原[8]日，家祭[9]无忘[10]告乃翁[11]。

①示儿：给儿子们看。

②元：同“原”，本来。

③但：只是。

④九州：古代最早的地理著作《尚书·禹贡》将天下分为九州，后人遂以九州代称中国全境。

⑤同：统一。

⑥王师：指南宋朝廷的军队。

⑦北定：收复失地，将北方平定。

⑧中原：指淮河以北被敌军侵占的地区。

⑨家祭：祭祀家中先人。

⑩无忘：不要忘记。

⑪乃翁：你们的父亲，指陆游自己。

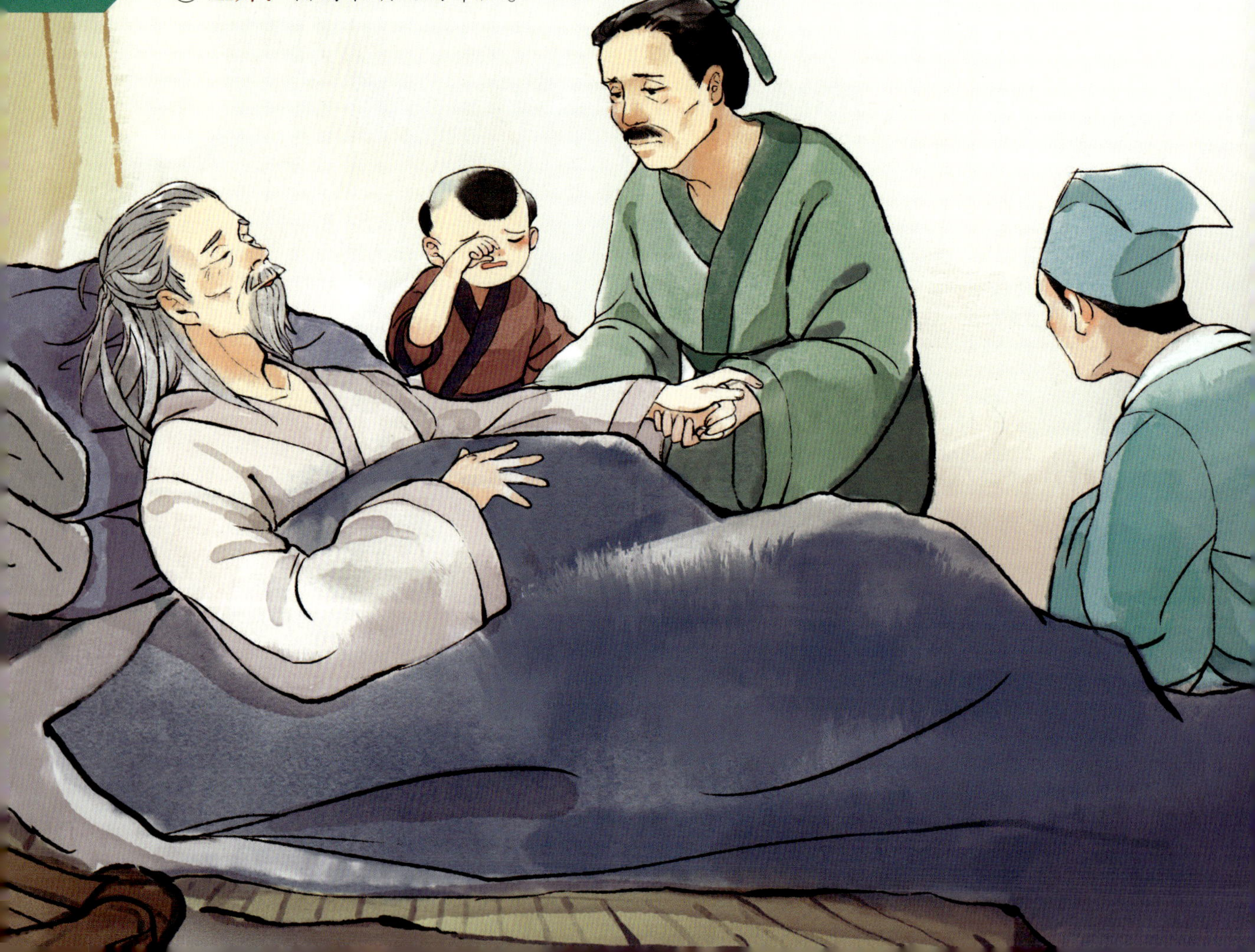

⑧ 雨打萍：比喻自己身世坎坷，如同雨中浮萍，漂泊无根，时起时沉。

⑨ 惶恐滩：在今江西万安境内赣江中，水流湍急，极为险恶。宋端宗景炎二年（1277），文天祥在江西兵败，经惶恐滩退往广东。

⑩ 零丁：孤苦无依的样子。

⑪ 丹心：红心，赤诚之心。

⑫ 汗青：古代在竹简上写字，先以火烤干其中的水分，以防虫蛀。因竹片水分蒸发如汗，所以称之为“汗青”。这里指史册。

诗歌鉴赏

这是一首七言律诗。前两句举出诗人最初入仕和抗元兵败一首一尾两件事以回顾诗人平生；中间四句紧承“干戈寥落”，明确表达了诗人对当前局势的认识；末两句表达了诗人对自身命运毫不犹豫的选择。全诗表现了诗人慷慨激昂的爱国热情、视死如归的高风亮节，以及舍生取义的人生观，是中华民族传统美德的崇高表现。

以诗观史

文天祥（1236—1283），字履善，又字宋瑞，南宋末年文学家、军事将领。元军南下攻宋后，文天祥起兵抵抗。这首诗写于文天祥兵败被俘之后。在这首诗中，文天祥把作诗与做人、诗格与人格融为一体。特别是最后一联“人生自古谁无死，留取丹心照汗青”，可以说是千秋绝唱，气贯长虹，情调高昂，启迪后世。从五四运动到抗日战争，无论是在文学创作、戏剧演出中，还是在歌曲传唱中，《过零丁洋》的诗句经常被引用，它激励和感召了无数志士仁人为正义事业英勇献身。

诗史时刻

柳永词的新变

词起源于唐五代，是一种配合音乐用以歌唱的抒情诗体，最初又被称为“诗余”。宋代是词繁荣发展的时代。

柳永是北宋第一个专力写词的作家，宋词到了柳永手里，其形式才得以基本完备。

柳永的生平

柳永（约984—约1053），初名三变，字景庄，后改名永，字耆卿，世称“柳屯田”。因排行第七，又称“柳七”。

他曾参加科举，但屡试不中。此后，他自称“奉旨填词柳三变”，以毕生精力作词。

柳永长期生活在下层社会，为教坊乐工与歌伎填写新词，对市民阶层的审美情趣有深入的了解和精准的把握。

柳永词思想内容的创新

柳永变“雅”为“俗”，运用通俗化的语言表现世俗化的市民生活情调。

柳永词思想内容的创新

1. 表现世俗女性大胆而泼辣的爱情意识，如《锦堂春（坠髻慵梳）》。
2. 表现被遗弃的或失恋的平民女子的痛苦心声，如《满江红（万恨千愁）》。
3. 表现民间歌伎的不幸和她们从良的愿望，如《少年游（世间尤物意中人）》。
4. 多方面展现了北宋繁华富裕的都市生活和丰富多彩的市井风情，如《望海潮（东南形胜）》。

柳永对词体的创新

词至柳永，体制始备。柳永对词体的创新，为宋词的发展和后继词人在内容题材上的开拓提供了前提条件。

柳永对词体的创新

发展了慢词

慢词是词体的一种，指按照慢曲的体制格调所作的词。慢词和小令是词体的两种形式。小令的体裁短小，篇幅通常较短，一般在58字以内。慢词篇幅较长，字数在96字以内。柳永大力创作慢词，改变了唐五代以来词坛上小令一统天下的格局，使慢词与小令两种体式齐头并进，平分秋色。

丰富了词调

两宋词坛中，柳永是创用词调最多的词人。在宋词880多个词调中，柳永首创或首次使用的就有100多个。

柳永词的艺术特色

柳永词的艺术特色

善用时空转换叙事

常设置我思念对方又设想对方思念我的多重空间结构，如《八声甘州（对潇潇暮雨洒江天）》。

创造性运用铺叙和白描两种表现手法

（1）将敷陈铺叙的赋法移植于词，如《雨霖铃（寒蝉凄切）》。

（2）大量使用白描手法写景状物言情，如《忆帝京（薄衾小枕凉天气）》。

革新语言表达方式

不仅从书面语汇中提炼高雅绮丽的语言，而且充分运用日常口语和俚语，使词的语言更加生动活泼，又易于理解接受，让读者和听众感到亲切有味。

题材取向自我化

柳永在词中注重表现自我独特的人生体验和心态，如《鹤冲天（黄金榜上）》。

雨霖铃①

〔北宋〕柳永

hán chán qī qiè duì cháng tíng wǎn zhòu yǔ chū xiē dū
寒蝉凄切，对长亭[2]晚，骤雨初歇。都
mén zhàng yǐn wú xù liú liàn chù lán zhōu cuī fā zhí shǒu xiāng
门帐饮无绪[3]，留恋处，兰舟[4]催发。执手相
kàn lèi yǎn jìng wú yǔ níng yē niàn qù qù qiān lǐ yān
看泪眼，竟无语凝噎[5]。念[6]去去[7]，千里烟
bō mù ǎi chén chén chǔ tiān kuò
波，暮霭[8]沉沉楚天[9]阔。

duō qíng zì gǔ shāng lí bié gèng nǎ kān lěng luò qīng qiū
多情自古伤离别，更那堪，冷落清秋
jié jīn xiāo jiǔ xǐng hé chù yáng liǔ àn xiǎo fēng cán yuè
节！今宵酒醒何处？杨柳岸，晓风残月。
cǐ qù jīng nián yīng shì liáng chén hǎo jǐng xū shè biàn zòng yǒu qiān
此去经年[10]，应是良辰好景虚设。便纵有千
zhǒng fēng qíng gèng yǔ hé rén shuō
种风情，更与何人说？

① 雨霖铃：词牌名，又名“雨淋铃”“雨淋铃慢”，原为唐教坊曲名。以柳永《雨霖铃（寒蝉凄切）》为正体。

② 长亭：驿亭、驿站，建在官道旁边，供来往官员住宿、邮差喂马换马的地方，靠近城市的长亭往往是古人送别的地方。

③ 无绪：没有心情，没有心绪。

④ 兰舟：木兰树做的舟，船的美称。

⑤ 凝噎：喉咙哽塞，欲语而说不出话的样子。

⑥ 念：猜想。

⑦ 去去：重复“去”字，行行不已，要走很长很长的路。

⑧ 暮霭：傍晚的云雾。

⑨ 楚天：泛指南方的天空。长江中下游一带古为楚地。

⑩ 经年：年复一年。

诗歌鉴赏

从词意看，这首《雨霖铃》是词人离开汴京南下时所作的离别词，以“别”字贯穿始终。这首词分为上、下两片。上片第一层写景，包括离别的时间、地点、气氛；第二层写临别之前的“帐饮”与“执手”离别，第三层想象离别之后的“千里烟波”。下片第一层总括天下人的离愁；第二层由天下人的离别回到自身，想象“今宵酒醒”后的情景；第三层遥想别后经年的“千种风情”。全词层层铺叙，处处点染，极尽形容，生动地展现出词人离别时的心理和情感，成为宋词中刻画离愁别恨的名篇。

以诗观史

慢词的名称是从“慢曲子”而来的，指依慢曲所填写的调长拍缓的词。慢词与小令的乐曲节奏一慢一快，慢词字数一般也比小令多。柳永是慢词的开创者，《雨霖铃》是其慢词的代表作。宋初的词主要是小令，在柳永以后，长篇的慢词才开始流行。宋人谈论柳永与苏轼的词风差异时，就举此词为例（见俞文豹《吹剑录·续录》），可见它是柳永词风的一个标志。

诗史时刻

范仲淹、晏殊、欧阳修对词境的开拓

宋初词风大抵沿袭南唐词风。当时词坛上的重要人物有范仲淹、晏殊、欧阳修等，他们都是当时的显宦，作品风格受南唐词作影响较大，但创作内容不再局限于男欢女爱，为词开拓了一些新的境界。

范仲淹

范仲淹（989—1052），字希文，世称“范文正公”，北宋时期杰出的政治家、文学家。

范仲淹对词境的开拓：

范仲淹曾抗击西夏，有过四年的军旅生活。这种经历拓展了他的艺术视野，为宋词开拓了较为壮阔的意境。他的《渔家傲·秋思》等词，表现出沉郁苍凉的风格，开豪放词先声。

晏殊

晏殊（991—1055），字同叔。他七岁时就有“神童”之称，后被推荐给朝廷，赐同进士出身，仕途通达，位至宰辅。晏殊在宋初词坛影响最大，与其子晏几道合称“二晏”，是词从晚唐五代过渡到北宋的关键人物。

晏殊对词境的开拓

- 晏殊词的风格是雍容和缓，淡淡的忧愁中时而透露出自我解脱的气度；语言一洗五代“花间词”的脂粉气和浓艳色彩，变得清丽淡雅，温润秀洁。
- 抒写男女之间的相思爱恋和离愁别恨，过滤了轻佻艳冶的杂质，显得纯净雅致；且往往略去对女性容貌色相的描写，而着重表现抒情主人公的恋情。
- 晏殊词常常反思和体悟人生，“情中有思”，即浓情中渗透着理性沉思的特质，如《浣溪沙（一曲新词酒一杯）》。

欧阳修

欧阳修对词境的开拓

- 扩大了词的抒情功能，沿着李煜词所开辟的方向，进一步用词来抒发自我的人生感受，如《浪淘沙（把酒祝东风）》。
- 改变了词的审美趣味，使词朝着通俗化的方向发展，与柳永词相互呼应。
- 其词疏隽的风格影响了苏轼，深婉的风格影响了秦观。

72

渔家傲·秋思①

〔北宋〕范仲淹

sài xià qiū lái fēng jǐng yì héng yáng yàn qù wú liú yì sì
塞下②秋来风景异③，衡阳雁去④无留意。四

miàn biān shēng lián jiǎo qǐ qiān zhàng lǐ cháng yān luò rì gū chéng bì
面边声⑤连角起，千嶂⑥里，长烟落日孤城闭。

zhuó jiǔ yì bēi jiā wàn lǐ yān rán wèi lè guī wú jì qiāng guǎn
浊酒一杯家万里，燕然未勒⑦归无计。羌管⑧

yōu yōu shuāng mǎn dì rén bú mèi jiāng jūn bái fà zhēng fū lèi
悠悠霜满地，人不寐，将军白发征夫⑨泪。

① 渔家傲·秋思：渔家傲，词牌名，又名“渔歌子”“渔父词”。秋思，这里指秋日的愁思。

② 塞下：边疆要塞之地。这里指当时的西北边疆。

③ 风景异：指风光景物与江南一带不同。

④ 衡阳雁去：即“雁去衡阳”。秋季北雁南飞，传说至湖南衡阳城南的回雁峰而止。

⑤ 边声：边塞特有的声音，如大风、号角、羌笛、马啸等声音。

⑥ 千嶂：层峦叠嶂。嶂，直立似屏障的高峰。

⑦ 燕然未勒：指边患未平、功业未成。燕然，山名，今蒙古国杭爱山。东汉大将窦宪追击匈奴，至此山刻石纪功而还。勒，刻。

⑧ 羌管：羌笛，古代西部羌族的一种乐器。

⑨ 征夫：出征的士兵。

诗歌鉴赏

这是一首书写边塞景象与守边生活的词。在一个秋日，词人看到鸿雁南飞，听到边声四起，不由得心怀悲凉。长烟落日，坐落在群山中的山城显得格外孤独。想起万里之外的家乡，只能饮酒浇愁。要想像东汉窦宪那样大破匈奴、勒功燕然，只是理想而已。然而身负守边重任，又怎能一心思归？此时词人年过半百，这位爱护部伍的老将军深知长年守边的士卒思家心切，他本人也早已愁白了头发，在羌管悠悠的严寒之夜难以成眠。

以诗观史

范仲淹是北宋名臣，素以天下为己任。当时西夏元昊称帝，时常侵扰宋境。宋仁宗康定元年（1040），宋与西夏交兵，范仲淹受命担起西北边疆的防卫重任。这首词即作于这一时期。此词写景雄浑苍茫，抒情悲壮苍凉，且将英雄气概与儿女情怀熔于一炉，是宋词中别开生面的杰作，对于词境的开拓有重要作用。相传欧阳修戏称此词为“穷塞主之词”（见魏泰《东轩笔录》卷十一）。其实此词真切生动地写出一位边防将领的复杂情感，堪称“守边大将之词”。

浣溪沙①

〔北宋〕晏殊

一曲②新词③酒一杯，去年天气旧亭台④。夕阳西下几时回？

无可奈何花落去，似曾相识⑤燕归来。小园香径⑥独徘徊。

① 浣溪沙：词牌名。原为唐玄宗时教坊曲名，后用为词调。沙，一作“纱”。

② 一曲：一首。因为词是配合音乐唱的，故称“曲”。

③ 新词：刚填好的词。

④ “去年”句：是说天气、亭台都和去年一样。旧，旧时。

⑤ 似曾相识：好像曾经认识。

⑥ 香径：带着幽香的园中小路。

诗歌鉴赏

这是一首抒写闲情逸致的词。全词仅六句，叙事的手法简洁，场景生动，词人的心态也表达得相当清晰。上片写在小园内宴饮听歌的情形，诗酒风流，其乐融融。词人想起去年此时，同样的天气、同样的楼台，突然生出了惆怅失意的伤感。下片首二句向来被称为名句，暮春落红成阵，花盛而衰，这是自然规律，无论人们如何惋惜，也于事无补。“无可奈何”四字，精确地表达了词人既感惆怅又力图自我安慰的心情。词人又注意到梁间飞舞的燕子，它们似乎就是去年秋天离开的那一对，如今重返旧巢。“似曾相识燕归来”一句既表达了词人初睹归燕的亲切感，也意味着消逝的美好事物并未归于空无。

以诗观史

晏殊入仕较早，地位显赫，人称“太平宰相”，因此在宋初词坛上的影响极大。晏殊鄙视柳永那种俚俗的词风，常在宴请宾客时自撰新词给歌女清唱，以助雅兴。晏殊词虽然主题多为闲情逸致，但感情细腻，文笔清丽，仍有不少清新可诵之作，此词即为其中的代表。时光流逝、韶华难留是人生的一大缺憾，即使人生富贵、生活美满者也难以避免。此词真切地表达了这种感受，字句清丽，风调委婉，遂成名篇，同时也体现了晚唐五代词风向宋代词风的逐渐转变。

浪淘沙[1]

〔北宋〕欧阳修

bǎ jiǔ zhù dōng fēng qiě gòng cóng róng chuí yáng zǐ mò luò chéng
把酒[2]祝东风[3]，且共从容[4]。垂杨紫陌[5]洛城[6]
dōng zǒng shì dāng shí xié shǒu chù yóu biàn fāng cóng
东。总是[7]当时携手处，游遍芳丛[8]。

jù sàn kǔ cōng cōng cǐ hèn wú qióng jīn nián huā shèng qù nián hóng
聚散苦匆匆[9]，此恨无穷。今年花胜去年红。
kě xī míng nián huā gèng hǎo zhī yǔ shuí tóng
可惜明年花更好，知与谁同？

① 浪淘沙：唐教坊曲，后用作词牌名，又名“卖花声”，多作激越凄壮之音。
② 把酒：端着酒杯。
③ 祝东风：在东风中祈祷祝愿。
④ 从容：留恋，不舍。
⑤ 紫陌：指京城郊野的道路。
⑥ 洛城：指洛阳。
⑦ 总是：大多是，都是。

⑧ 芳丛：芳香的花丛。
⑨ 匆匆：形容时间匆促。

诗歌鉴赏

这是一首忆春惜别的小词，是欧阳修与好友（一说是著名诗人梅尧臣等）春日在北宋西京洛阳东郊旧地重游时有感而作。上片从“把酒祝东风”的宴饮祈愿起笔，由“垂杨紫陌”的眼前美景回忆去年同游赏花的快乐。下片说聚少离多，感叹惆怅，由眼前的相聚设问明年此时的情景，表现出对友谊的珍惜。“今年花胜去年红。可惜明年花更好”，写的是鲜艳繁盛的景色，表现的却是感伤的心情，这就是清代王夫之所说的“以乐景写哀”(《姜斋诗话》)。后三句融离别之情于赏花之景，以惜花写惜别，构思新颖，是篇中的妙笔。

以诗观史

这首词笔致疏放，婉丽隽永，是欧阳修词的代表作，也是北宋惜春离别词的名作。欧阳修词对北宋词坛影响深远，清人冯煦谓欧阳修词“疏隽开子瞻，深婉开少游”(《宋六十一家词选例言》)，说的是欧阳修词开启了苏轼（字子瞻）词的放达超逸，开启了秦观（字少游）词的含蓄委婉。

苏轼对词的全面革新

宋词到苏轼手里又是一大变，从内容、题材到境界都出现了全新的面貌。

苏轼对词的全面革新

苏轼对词的全面革新

革新词学观

在理论上破除了诗尊词卑的观念，提出了词“自是一家”的主张。

开拓词境，变革词风

苏轼词变花间词的婉转之态为激越、豪放，用词体抒发个人志向抱负、人生感慨和生活情趣，词品与人品达到了高度的统一和融合。

“以诗为词”的创作手法

将诗的表现手法移植到词中，尤其表现在用题序和用典故两个方面，如《水调歌头（明月几时有）》《江城子·密州出猎》。

妙用音律

苏词遵守词的音律规范却又不为音律所拘。这种做法一方面弱化了词对音乐的依附性，强化了其文学性；另一方面增加了词抒情言志的自由度，作词时挥洒自如。

苏轼词的艺术特色

苏轼词的艺术特色

内容

苏轼词在内容上打破了过去多写男女爱情、离愁别恨的传统，怀古、悼亡、山水、田园、仕途失意、报国雄心、人生奥秘等，都被他写入词中。

风格

苏轼词在风格上打破了以婉约为主的传统，既有婉约，又有豪放、清旷、幽美等。

词乐关系

苏轼词在词与音乐的关系上打破了以词附属于音乐的传统，使词成为独立的抒情工具。

艺术手法

苏轼词在艺术手法上变化多样。传统词往往上片写景，下片抒情，情从景出，情景交融。苏词打破传统程式，既有借景抒情之作，更多的则是随机应变，变化莫测，无一定之规，真正做到了融叙事、抒情、写景、议论于一体。

75

江城子·密州出猎①

〔北宋〕苏轼

lǎo fū liáo fā shào nián kuáng zuǒ qiān huáng yòu qíng cāng jǐn
老夫②聊③发少年狂④，左牵黄，右擎苍⑤，锦
mào diāo qiú qiān qí juǎn píng gāng wèi bào qīng chéng suí tài shǒu qīn shè
帽貂裘，千骑⑥卷平冈。为报倾城随太守⑦，亲射
hǔ kàn sūn láng
虎，看孙郎⑧。

jiǔ hān xiōng dǎn shàng kāi zhāng bìn wēi shuāng yòu hé fáng chí
酒酣胸胆尚开张⑨，鬓微霜⑩，又何妨！持
jié yún zhōng hé rì qiǎn féng táng huì wǎn diāo gōng rú mǎn yuè
节云中，何日遣冯唐⑪？会⑫挽⑬雕弓⑭如满月，
xī běi wàng shè tiān láng
西北望，射天狼⑮。

① 江城子：词牌名，又名“村意远”“江神子”“水晶帘”，兴起于晚唐，来源于唐代的酒令曲调，最早由文人韦庄依调创作，苏轼对该词体进行了革新。密州，今山东诸城。宋神宗熙宁七年（1074），苏轼由杭州通判迁为密州知州，这首词就是次年冬天苏轼与同僚出城打猎时所作。

② 老夫：作者自称。

③ 聊：姑且，暂且。

④ 少年狂：少年的豪情。

⑤ “左牵”二句：左手牵着黄犬，右臂擎着苍鹰。形容围猎时用以追捕猎物的架势。黄，指黄犬。擎，举着。苍，指苍鹰。

⑥ 千骑：形容骑马的随从很多。骑，一人一马的合称。

⑦ “为报”句：为我报知全城百姓，使（他们）随我出猎。

⑧ “亲射”二句：即“看孙郎亲射虎”。孙郎，指孙权。据《三国志·吴书·吴主传》，孙权曾经“亲乘马射虎”。这里是作者自喻。

⑨ 胸胆尚开张：胸怀开阔，胆气豪壮。尚，还。开张，开阔雄伟。

⑩ 鬓微霜：鬓角稍白。

⑪“持节”二句：朝廷什么时候派遣冯唐到云中来赦免魏尚呢？《史记·张释之冯唐列传》载：汉文帝时，云中郡守魏尚抵御匈奴有功，却因为上报战功时多报了六颗首级而获罪削职。冯唐为之向文帝辩白此事，文帝即派冯唐持节去赦免魏尚，复为云中郡守。这里作者以魏尚自许。

⑫会：终将。

⑬挽：拉。

⑭雕弓：饰以彩绘的弓。

⑮天狼：星名。传说天狼星“主侵掠”(《晋书·天文志》)。词中喻指侵扰西北边境的西夏军队。

诗歌鉴赏

这首词作于密州，当时大旱，词人以知州身份到郊外祭祀常山之神，祈祷降雨，回程途中与部下和百姓一起打猎，这首词表现的就是这次打猎的情景和感受。词人因围猎而兴起从戎之志，希望为国家抵御外侮，词中结尾“西北望，射天狼”之句，既出人意料，又自然天成，显示出词人高超的艺术构思。

以诗观史

这首词是东坡最早的一首豪放词，在词史上有里程碑式的意义。第一，“江城子”词牌从苏轼开始由单调变为双调，《江城子·密州出猎》是其代表作；第二，这首词打破了歌筵舞席、儿女相思等传统的题材范围，在风格上已是名副其实的豪放词，这是苏轼对以温庭筠、柳永为代表的传统词风的挑战，体现了苏轼在婉约词风外另辟新境的意图；第三，从这首词开始，苏轼对诗、词一视同仁，凡是可以入诗者皆可入词，“以诗为词”，提高了词品，扩大了词境，使词走向广阔的生活天地。词至东坡，其体始尊，从此词与诗并驾齐驱的地位逐渐得到确认。

水调歌头[1]

〔北宋〕苏轼

bǐng chén zhōng qiū huān yǐn dá dàn dà zuì zuò cǐ piān jiān huái
丙辰[2]中秋，欢饮达旦[3]，大醉，作此篇，兼怀
zǐ yóu
子由[4]。

míng yuè jǐ shí yǒu bǎ jiǔ wèn qīng tiān bù zhī tiān shàng gōng què
明月几时有？把酒问青天。不知天上宫阙[5]，
jīn xī shì hé nián wǒ yù chéng fēng guī qù yòu kǒng qióng lóu yù yǔ
今夕是何年。我欲乘风归去[6]，又恐琼楼玉宇[7]，
gāo chù bú shèng hán qǐ wǔ nòng qīng yǐng hé sì zài rén jiān
高处不胜寒。起舞弄清影[8]，何似[9]在人间。

zhuǎn zhū gé dī qǐ hù zhào wú mián bù yīng yǒu hèn hé
转朱阁，低绮户，照无眠[10]。不应有恨，何
shì cháng xiàng bié shí yuán rén yǒu bēi huān lí hé yuè yǒu yīn qíng yuán
事长向别时圆[11]？人有悲欢离合，月有阴晴圆
quē cǐ shì gǔ nán quán dàn yuàn rén cháng jiǔ qiān lǐ gòng chán juān
缺，此事古难全。但愿人长久，千里共婵娟[12]。

① 水调歌头：词牌名。
② 丙辰：宋神宗熙宁九年（1076）。
③ 达旦：到天亮。
④ 子由：苏轼的弟弟苏辙，字子由，当时在山东济南。
⑤ 宫阙：指月中宫殿，相传月中有广寒宫。
⑥ 归去：回到天上去。
⑦ 琼楼玉宇：美玉砌成的楼宇，指想象中的月中仙宫。
⑧ “起舞”句：意思是在月光下起舞，影子也随着舞动。
⑨ 何似：哪里比得上。
⑩ “转朱”三句：月儿转过朱红色的楼阁，低低地挂在雕花的门窗上，照着不能入睡的人（指词人自己）。
⑪ “不应”二句：（月儿）不应该有什么怨恨吧，为什么偏在人们不能团聚时圆呢？何事，为什么。
⑫ 婵娟：本义指妇女姿态美好的样子，这里指月亮。

诗歌鉴赏

这是一首充满浪漫想象和人间情怀的词。词人举杯问月，想要乘风归去，回到月宫，又担心月宫里琼楼玉宇，高处不胜寒；他向往月中仙境，又眷恋人间深情，内心充满了矛盾。他比常人更了解“人有悲欢离合，月有阴晴圆缺”是亘古不变的宇宙客观真理，正因如此，他才写下了更具普世意义的人间大爱与大愿：“但愿人长久，千里共婵娟。”此词全篇皆是佳句，典型地体现出苏轼词清雄旷达的风格。

以诗观史

这首词是苏轼词的代表作，也是中秋词的杰作，宋人曾说：“中秋词，自东坡《水调歌头》一出，余词俱废。”(胡仔《苕溪渔隐丛话后集》)苏轼化用前人名句，如开篇“明月几时有？把酒问青天”化自李白《把酒问月》的“青天有月来几时？我今停杯一问之”，再如篇尾“但愿人长久，千里共婵娟”则化自张九龄《望月怀远》的“海上生明月，天涯共此时”和杜牧《秋霁寄远》的“唯应待明月，千里与君同”，但苏轼的词句更加精练简洁，信手拈来，了无痕迹。他创造的“我欲”“又恐”“何似”五句，更是吸引黄庭坚、赵秉文等词家模仿。苏轼此词想象清奇，格高千古，引人共鸣，因此能传诵千年。

77

念奴娇·赤壁怀古[1]

〔北宋〕苏轼

大江东去，浪淘尽，千古风流人物。故垒[2]西边，人道是，三国周郎[3]赤壁。乱石穿空，惊涛拍岸，卷起千堆雪[4]。江山如画，一时多少豪杰。

遥想公瑾当年，小乔初嫁了[5]，雄姿英发。羽扇纶巾[6]，谈笑间，樯橹[7]灰飞烟灭。故国神游[8]，多情应笑我，早生华发[9]。人生如梦，一尊还酹江月[10]。

① 念奴娇：词牌名，又名“百字令”“酹江月”等。赤壁，苏轼所游的是黄州的赤鼻矶，并非三国时期赤壁大战处。

② 故垒：古时军队营垒的遗迹。

③ 周郎：周瑜，字公瑾，三国时吴国大将，军中皆呼为“周郎”。

④ 雪：比喻浪花。
⑤ 小乔初嫁了：乔公有两个女儿，皆美，称大乔、小乔。小乔为周瑜之妻。
⑥ 羽扇纶巾：（手持）羽扇，（头戴）纶巾。这是儒者的装束，形容周瑜有儒将风度。纶巾，系着青丝带的头巾。
⑦ 樯橹：代指曹操的水军战船，一作“强虏”。樯，桅杆。橹，摇船的桨。
⑧ 故国神游：“神游故国”的倒文，指在想象、梦境中游历当年的赤壁战场。
⑨ “多情”二句：应笑我多愁善感，过早地生长出花白的头发。华，同“花”。
⑩ “一尊”句：以酒洒地，寄情于江月。尊，同“樽”，酒杯。酹，洒酒祭奠。

诗歌鉴赏

这是词人贬谪黄州时期游览赤鼻矶后所作的一首词。此地传为三国时赤壁大战之处，词人因此有所感怀。上片以描写赤壁风起浪涌的自然风景为主，将浩荡江流、如画江山与“千古风流人物”“一时多少豪杰”巧妙地融为一体，精妙地勾画出赤壁古战场的险要形势和雄奇景象。下片着重写人并抒怀，以“小乔初嫁”烘托周瑜才华横溢、雄姿英发，又借周瑜“谈笑间”的赫赫战功抒发自己年华已逝、功业无成的失意和人生如梦的感慨。全词低沉失意之中蕴含着苍茫厚重，慷慨激烈的怀古之中透露出英雄豪迈的本色气概。

以诗观史

宋人评苏轼此词说：“东坡‘大江东去’赤壁词，语意高妙，真古今绝唱。”（胡仔《苕溪渔隐丛话前集》）文学史上曾有一个将此词与柳永名作《雨霖铃》放在一起看的经典对比：“柳郎中词，只好十七八女孩儿，执红牙拍板，唱‘杨柳岸晓风残月’。学士词，须关西大汉，执铁板，唱‘大江东去’。”（俞文豹《吹剑续录》）学士词指的就是这首《念奴娇》。虽然也有后人批评这首词“以诗为词”，不是词的本色，但它被公认为苏轼豪放词代表作。从此以后，黄州赤鼻矶成为人们凭吊三国英雄的最佳场所，又被称为“东坡赤壁”，真正的赤壁古战场反而无人问津了。此词影响之大，可见一斑。

清平乐[1]

〔北宋〕黄庭坚

chūn guī hé chù jì mò wú xíng lù ruò yǒu rén zhī chūn qù chù
春归何处？寂寞无行路[2]。若有人知春去处，
huàn qǔ guī lái tóng zhù
唤取[3]归来同住。

chūn wú zōng jì shuí zhī chú fēi wèn qǔ huáng lí bǎi zhuàn wú rén
春无踪迹谁知？除非问取黄鹂。百啭[4]无人
néng jiě yīn fēng fēi guò qiáng wēi
能解，因风[5]飞过蔷薇[6]。

① 清平乐：词牌名。
② 无行路：没有留下春去的行踪。
③ 唤取：唤来。取，语助词，下同。
④ 啭：鸟婉转地鸣叫。
⑤ 因风：借着春风。因，凭借。
⑥ 蔷薇：花木名，花开时连春接夏。

诗歌鉴赏

“春天在哪里呀，春天在哪里？……还有那会唱歌的小黄鹂……”这是当代小朋友都耳熟能详的寻找春天的儿歌。这首词则是宋代寻春、惜春的著名词作。上片从问“春归何处”起笔，但是用拟人的手法，把春天当成一个老朋友，深情地问春、寻春、呼春、伤春，希望找到春天“唤取归来同住”，这便与上面的儿歌不同。下片从问人到问鸟，也写到黄鹂的百啭千声，显示出词人寻春的执着；然而无人能懂鸟语，黄鹂又趁风而去，只留下寂寞的词人对着初夏已盛开的蔷薇花无奈伤春。全词情感深沉，构思新奇，用语生动有趣。

以诗观史

黄庭坚以诗闻名，他的词总体成就虽不如诗，但在当时也很有名。他善写正宗的婉约派词，时人将他与宋代婉约词大家秦观并称：“今代词手，唯秦七黄九耳，唐诸人不逮也。”（陈师道《后山诗话》）黄庭坚的诗以生新瘦硬为主要风格，而这首词则流利晓畅，清淡自然，与其诗截然不同。黄庭坚在词中痴情地寻春、惜春，唤春归来同住，与黄庭坚大致同时的词人王观也曾在一首《卜算子》中说：“才始送春归，又送君归去。若到江南赶上春，千万和春住。”宋人称王观“体山谷语也”（胡仔《苕溪渔隐丛话后集》），明人称黄庭坚、王观二人为“千古一对情痴”（沈际飞《沈评〈草堂诗余〉》），也是一段词坛佳话。

诗史时刻

北宋婉约词大家

婉约是宋词的一大风格，婉约词的主要特点是内容侧重儿女风情，结构深细缜密，音律婉转和谐，语言圆润清丽，有一种柔婉之美。北宋婉约派的代表人物除了柳永、晏殊、欧阳修之外，还有秦观、周邦彦、李清照等大家。

秦观

秦观（1049—1100），字少游，一字太虚，号淮海居士，别号邗沟居士。少年时从苏轼游，以其诗被王安石赏识。擅长诗赋策论，与黄庭坚、晁补之、张耒合称“苏门四学士”。

秦观词的艺术特色：

在北宋词坛中，秦观被认为是最能体现当行本色的“词手”，被后世尊为婉约派的正宗。秦观词妙处在于情韵兼胜，即情感真挚，语言优雅，意境深婉，音律谐美，符合词体的本色和当时文人士大夫的审美趣味，名作如《鹊桥仙（纤云弄巧）》。

周邦彦

周邦彦（约 1056—约 1121），字美成，号清真居士，北宋后期著名词人。

周邦彦词的艺术特色：

周邦彦早年生活经历与柳永相似，创作上受柳词影响颇深，也工于言情写艳。其词在艺术风格上具有浑厚、典丽、缜密的特色，人称“清真词”。

周邦彦多作咏物词，开启了南宋咏物词重寄托的门径。

他是北宋婉约词集大成者，开创整饬字句的格律派之风，对于宋词音律严格规范的形成起了关键作用，使婉约词在艺术上走向高峰。

李清照

李清照（1084—1155），号易安居士。她是宋代婉约派代表词人，被誉为“千古第一才女”。李清照的创作生涯横跨北宋末年和南宋初年，可分为南渡前后两个时期。

李清照南渡前后的词风转变：

南渡之前的易安词多描写以闺阁绣户为中心的生活世界与爱情体验，如《如梦令（昨夜雨疏风骤）》。

南渡之后，李清照的丈夫病故，她一人奔走逃难，其心境与词境发生本质性的转变。孤苦无依的处境、国破家亡的创痛加剧了她内心的哀伤怨愤，她在词中以女性特有的视角对这些处境与情感进行了深刻的反映，如《声声慢（寻寻觅觅）》。

李清照词的艺术特色：

李清照词委婉清新，感情真挚，婉约而不靡艳，人称“易安词”，李清照也被尊为婉约派的一代词宗。

鹊桥仙[1]

〔北宋〕秦观

纤云[2]弄巧[3]，飞星[4]传恨，银汉[5]迢迢暗度。金风玉露[6]一相逢，便胜却人间无数。

柔情似水，佳期如梦，忍顾鹊桥归路。两情若是久长时，又岂在朝朝暮暮[7]。

① 鹊桥仙：词牌名。
② 纤云：细云，微云。
③ 弄巧：指云在天空中巧妙地变幻成各种姿态。
④ 飞星：流星。一说指牵牛、织女二星。
⑤ 银汉：银河，天河。
⑥ 金风玉露：指秋风白露。
⑦ 朝朝暮暮：指朝夕相聚。

诗歌鉴赏

这首词追忆了词人少女时代极富情趣的生活场景，洋溢着沉醉兴奋的心情、欢快愉悦的旋律和优美怡人的心境。全词以溪亭日暮悠闲的游兴入笔，中经沉醉忘归，终于兴尽回舟，不料误入藕花深处，以奋力划桨惊起水面鸥鹭作结。语言自然流畅，不事雕琢，极富律动和节奏感。沉醉的少女、满塘的藕花、归途中的小舟、惊飞的鸥鹭等瞬时的人物、神情、动作、声响、景物，共同构成了一幅鲜活有趣、极富立体动感的生活画面。

以诗观史

李清照是宋代婉约词名家，也是宋代最著名的女性文学大家。她的词作以独特的个人视角和特有的细腻笔触，抒写个人生活情趣、内心情感乃至家国情怀。如这首《如梦令》就在清新之景中充盈着青春的野逸之情，它与李清照《醉花阴》中“薄雾浓云愁永昼，瑞脑销金兽”所蕴含的富贵之气，以及《声声慢》中“梧桐更兼细雨，到黄昏、点点滴滴”所遮不住的暮年衰飒之气，共同勾勒出一代女词人在家国变故、历史进程中丰富而艰辛的情感世界。

声声慢

〔南宋〕李清照

寻寻觅觅，冷冷清清，凄凄惨惨戚戚[1]。乍暖还寒[2]时候，最难将息[3]。三杯两盏淡酒，怎敌他、晚来风急！雁过也，正伤心，却是旧时相识。

满地黄花堆积，憔悴损，如今有谁堪摘？守着窗儿，独自怎生得黑[4]！梧桐更兼细雨，到黄昏、点点滴滴。这次第[5]，怎一个愁字了得！

① 戚：哀愁、悲哀。
② 乍暖还寒：天气忽暖忽冷，变化无常。
③ 将息：将养休息。
④ 黑：天黑。
⑤ 这次第：这情况、这光景。

诗歌鉴赏

这首词词牌为“声声慢”，内容也名副其实，读来声声幽咽，句句悲戚。开头“寻寻觅觅，冷冷清清，凄凄惨惨戚戚”，七组叠词十四字，极不寻常，所用的字多短促轻细，极富音乐性，生动地刻画出寻觅无获、冷清孤寂、愁惨凄厉的氛围和基调。全词中问句多达四处，全用口语，问风、问花、问天，层层递进，最后以问愁作结，深切地抒写了一位孤苦无依的女词人衰暮之年感人泪下的哀伤愤怨。这首词既是词人内心深处愁苦悲忧的抒发，也是时代、国家与个人命运交织的悲歌。

以诗观史

1127年，金军攻占东京（今河南开封），北宋灭亡，宋室南渡。时年四十三岁的李清照随丈夫赵明诚南奔，两年后赵明诚病逝，李清照避乱流寓于越州、杭州、金华等地，卒年不详。南渡后，李清照的词风由清亮明快转为沉郁凄婉，这首词便是典型代表。这首词作于李清照暮年。词中残秋凄惨、晚来风急、日暮细雨的天气环境与其孤苦悲愁的生活状态完全契合，让人深切地感受到国破家亡、夫死身老带给她的忧郁动荡、神衰心愁。只有当女性身份、杰出才华和独特身世三者结合于一身时，才能创造出如此生动深刻的佳作。李清照的词“不徒俯视巾帼，直欲压倒须眉”（李调元《雨村词话》），可以说是历史的必然。

诗史时刻

辛弃疾与辛派词人

辛弃疾

辛弃疾（1140—1207），字幼安，号稼轩，南宋官员、将领、文学家，豪放派词人，有“词中之龙”之称。与苏轼合称“苏辛”，与李清照并称“济南二安”。早年在北方抗金，南渡后力主抗战，由于与当政的主和派政见不合，故而屡遭劾奏，数次起落，最终退隐山林。

辛弃疾词的内容题材

辛弃疾词的内容题材

战场生活

表现救国的雄心壮志，同时也表现壮志难酬的失意悲愤，如《破阵子·为陈同甫赋壮词以寄之》。

感时忧国

登临江山、咏怀古迹，抒写感时忧国的内心，如《永遇乐·京口北固亭怀古》。

日常遣兴抒怀

日常遣兴抒怀，如《青玉案·元夕》。

传统内容

伤春悲秋、离愁别恨、男女恋情等传统内容，如《摸鱼儿（更能消几番风雨）》。

田园风光

描写农村田园风光和农村日常生活，表现村居生活情趣，如《清平乐·村居》《西江月·夜行黄沙道中》。

辛弃疾词的艺术特色

与对词题材内容的开拓相一致，辛弃疾在艺术上更是富于创新，在词的艺术风格、结构、语言、表现手法上都突破了传统的约束，表现出极大的才气和创新精神。辛词的风格以豪放为主而又变化多端。苏轼词的豪放多表现为刚健的骨力与旷达的情怀，辛词的豪放则体现为激越的情感与喑呜沉雄的气势。英雄豪杰的气概和英雄失意的悲愤，作为抒情基调贯穿在辛词中。辛词中的风景、山水、人物，无不飞动驰骋，气势恢宏，带有强烈的主观感情色彩。

辛派词人

南宋词坛中有一批词人，或与辛弃疾同声相应，或效法辛词风格，形成了一个重要的创作倾向，这些词人一般被称为“辛派词人”，主要代表有陆游、张孝祥、陈亮、刘过、刘克庄、刘辰翁等。这派词人的共同特点是以家国之念、经济之怀入词，词风以豪放为主，粗豪恣肆，较少雕琢。

青玉案·元夕[1]

〔南宋〕辛弃疾

dōng fēng yè fàng huā qiān shù gèng chuī luò xīng rú yǔ bǎo mǎ
东风夜放花千树[2]。更吹落、星如雨[3]。宝马

diāo chē xiāng mǎn lù fèng xiāo shēng dòng yù hú guāng zhuǎn yí yè yú
雕车[4]香满路。凤箫[5]声动，玉壶[6]光转，一夜鱼

lóng wǔ
龙舞[7]。

é er xuě liǔ huáng jīn lǚ xiào yǔ yíng yíng àn xiāng qù zhòng
蛾儿雪柳[8]黄金缕[9]。笑语盈盈[10]暗香去。众

lǐ xún tā qiān bǎi dù mò rán huí shǒu nà rén què zài dēng huǒ lán
里寻他千百度[11]。蓦然[12]回首，那人却在，灯火阑

shān chù
珊[13]处。

① 元夕：农历正月十五元宵节之夜。
② 花千树：元宵夜花灯繁多，如东风吹拂、千树开花。
③ 星如雨：烟火满天如星，乱落如雨。
④ 宝马雕车：豪华的马车。
⑤ 凤箫：箫的美称。
⑥ 玉壶：一种华灯，用白玉制成，作壶状。一说喻指明月。
⑦ 鱼龙舞：指舞动鱼灯、龙灯等游戏。
⑧ 蛾儿、雪柳：皆为女子头饰。
⑨ 黄金缕：用金线做成的装饰物。
⑩ 盈盈：声音轻盈悦耳。
⑪ 千百度：千百遍。
⑫ 蓦然：突然，猛然。
⑬ 阑珊：零落，稀疏。

诗歌鉴赏

这首词是描写元宵节的佳作。上片描绘了灯火璀璨、乐声悠扬的元夕盛况，生动逼真。首句将满眼花灯、漫天烟火写成“花千树”“星如雨”，可以说达到了梅尧臣提出的“状难写之景如在目前”的高超水平。下片写男女佳节幽会，经过千百遍的寻觅，蓦然发现，心仪的佳人并不在热闹的火树银花之下，而是在灯火阑珊的冷清角落。前后对比鲜明，结尾不落俗套，极具神采。

以诗观史

辛词既有豪迈奔放的气势，又有缠绵细致之语。辛弃疾善于结合《离骚》的比兴传统与婉约派词的表现特点，以雄豪之气弹温婉之音，充实柔词绮语的骨力，这首词正是这方面的代表。它曾被视作正宗的婉约词，但实际上寄托深远，以美人写词人自己高洁的品格。乾道六年（1170），辛弃疾二十岁，入朝任职，次年在临安（今浙江杭州）过元宵节，写下这首词。辛弃疾文武全才，主张抗金，虽壮志难酬，但他坚持操守，不与世俗同流合污，这首词中“千百度”寻找的孤高淡泊、超群拔俗的女性形象，本质上是辛弃疾的自我写照。王国维说这首词的最后三句是“古今之成大事业、大学问者”的最高境界（《人间词话》）。

清平乐·村居

〔南宋〕辛弃疾

máo yán dī xiǎo　xī shàng qīng qīng cǎo　zuì lǐ wú yīn xiāng mèi hǎo

茅檐低小，溪上青青草。醉里吴音①相媚好②，

bái fà shuí jiā wēng ǎo

白发谁家翁媪③？

dà ér chú dòu xī dōng　zhōng ér zhèng zhī jī lóng　zuì xǐ xiǎo ér

大儿锄豆溪东，中儿正织鸡笼。最喜小儿

wú lài　xī tóu wò bō lián peng

亡赖④，溪头卧剥莲蓬。

① 吴音：吴地的方言。词人当时闲居带湖（今属江西），此地古代属吴地，所以称当地方言为“吴音”。
② 相媚好：相互逗趣取乐。媚，美好、娇美。
③ 翁媪：老翁和老妇。
④ 亡赖：同“无赖”，这里指顽皮、淘气。

诗歌鉴赏

这首词以白描手法描绘了夏日乡村五口之家的生活环境和劳作情景，充满诗情画意。开头两句以茅檐、小溪、青草等农村司空见惯的景物随意点染出一幅生机勃勃、清新秀丽的画面。接着写人，翁媪饮酒聊天儿逗趣，大儿锄草，中儿编织鸡笼，小儿卧剥莲蓬，看似简单罗列，却写得有声有色、惟妙惟肖、活灵活现，真实地反映出农村和平宁静的生活气息。

以诗观史

辛弃疾因坚持抗金，一直遭受当权主和派的排斥和打击。自淳熙八年（1181）开始，他在信州带湖（在今江西上饶）闲居。他在带湖修建新居，自号“稼轩居士”。这期间他关注农村生活，写下了大量的闲适词和田园词，这首《清平乐·村居》就是其中的佳作。这首词表面上只是白描，词人似乎不动声色，但“相媚好”“最喜”“亡赖”等词已透露出词人的喜悦陶醉之情。在辛弃疾之前，只有苏轼写过几首农村田园词，辛词观察面广阔，情意深厚，拓宽了这类词的境界。

85

西江月·夜行黄沙道中[1]

〔南宋〕辛弃疾

明月别枝[2]惊鹊，清风半夜鸣蝉。稻花香里说丰年，听取蛙声一片。

七八个星天外，两三点雨山前。旧时茅店[3]社林[4]边，路转溪桥忽见[5]。

① 西江月·夜行黄沙道中：西江月，词牌名。黄沙，黄沙岭，在今江西上饶的西面。
② 别枝：横斜的树枝。
③ 茅店：用茅草盖的旅社。
④ 社林：社庙丛林。社，社庙，土地庙。
⑤ 见：同“现”。

诗歌鉴赏

这是一首夏夜纪行词。上片写山行所见所闻：明月惊鹊、清风鸣蝉、稻花飘香、蛙声一片。在词人的笔下，视觉、触觉、嗅觉、听觉细腻丰富，一个原本清幽岑寂无聊的山间夜晚一下子变得生动活泼，有声有色。下片写途中遇雨的情形：天边几个疏星，山前几滴微雨，幸好刚转过溪桥，旧时熟悉的村店忽然出现。上片写丰收在望，令人欣喜，下片写遇雨未淋，更令人惊喜，全词洋溢着喜悦的情感。

以诗观史

《清平乐·村居》和《西江月·夜行黄沙道中》都是辛弃疾隐居信州时期描写乡村生活的佳作，一首写夏日劳作，一首写夏夜山行，这两首词清新明丽、清幽恬静、朴野成趣，体现了稼轩词在雄浑豪迈之外的另一种境界。将这一类闲适清新的田园词与同为信州闲居时期所作的《破阵子·为陈同甫赋壮词以寄之》以及晚年起复后所作的《永遇乐·京口北固亭怀古》等豪放雄壮之词放在一起阅读，有助于全面地理解辛弃疾的词作风格和他在词史上的贡献。

86

永遇乐·京口北固亭怀古①

〔南宋〕辛弃疾

qiān gǔ jiāng shān, yīng xióng wú mì, sūn zhòng móu chù. wǔ xiè
千古江山，英雄无觅，孙仲谋②处。舞榭
gē tái, fēng liú zǒng bèi, yǔ dǎ fēng chuī qù. xié yáng cǎo shù, xún
歌台，风流总被，雨打风吹去。斜阳草树，寻
cháng xiàng mò, rén dào jì nú céng zhù. xiǎng dāng nián, jīn gē tiě mǎ,
常巷陌，人道寄奴③曾住。想当年，金戈铁马，
qì tūn wàn lǐ rú hǔ.
气吞万里如虎④。

yuán jiā cǎo cǎo, fēng láng jū xū, yíng dé cāng huáng běi gù.
元嘉草草，封狼居胥，赢得仓皇北顾⑤。
sì shí sān nián, wàng zhōng yóu jì, fēng huǒ yáng zhōu lù. kě kān huí
四十三年⑥，望中犹记，烽火扬州路⑦。可堪回
shǒu, bì lí cí xià, yí piàn shén yā shè gǔ. píng shuí wèn: lián
首，佛狸祠⑧下，一片神鸦⑨社鼓⑩。凭谁问：廉
pō lǎo yǐ, shàng néng fàn fǒu?
颇⑪老矣，尚能饭否？

① 永遇乐·京口北固亭怀古：永遇乐，词牌名。京口，即今江苏镇江。北固亭，又名北顾亭，在今镇江东北北固山上，下临长江。

② 孙仲谋：孙权，字仲谋，三国时吴帝，曾建都京口。

③ 寄奴：南朝宋武帝刘裕，小字寄奴，曾在京口居住。

④ “想当年”三句：刘裕曾两次领兵北伐，灭南燕、后秦，收复洛阳、长安等地。

⑤ “元嘉草草”三句：元嘉是刘裕之子宋文帝刘义隆的年号。宋文帝好大喜功，曾有“封狼居胥”意，命王玄谟率兵仓促北伐，结果军队大败而归，文帝登楼北望，深感后悔。狼居胥，山名，在今蒙古国境内，西汉大将霍去病追击匈奴至此，歼敌七万余，封狼居胥山而还。

⑥ 四十三年：从辛弃疾南渡（1162）到写该词时，已过四十三年。

⑦ 烽火扬州路：指当年扬州地区到处是金兵南侵的战火烽烟。

⑧ 佛狸祠：北魏太武帝拓跋焘小字佛狸。拓跋焘击败王玄谟军后，从黄河北岸一路南下，追击至长江北岸瓜步山，建行宫于山上，后称“佛狸祠”。

⑨ 神鸦：指在祠里吃祭品的乌鸦。

⑩ 社鼓：社日祭祀土地神的鼓声。古人春秋两季都要祭祀“社稷神”，社神即土地神，稷神即五谷神。

⑪ 廉颇：战国时赵国名将，被免职后跑到魏国，后来赵王想重新起用他，派使者去探视他的身体状况。廉颇当着使者之面，一顿饭吃米一斗、肉十斤，披甲上马，以示尚可用。但使者受廉颇仇人郭开贿赂，回来向赵王报告说：“廉颇将军虽老，尚善饭，然与臣坐，顷之三遗矢矣。”（矢，同“屎”。）赵王以为廉颇已老，遂不用。

诗歌鉴赏

这首词是词人登临京口北固亭，怀古感时抒愤之作。上片缅怀赞扬在京口建立功业的吴大帝孙权和率军北伐的刘宋开国君主刘裕，下片联想批评草草北伐导致大败的刘义隆，表明自己坚决主张抗金但反对冒进的立场。词人自比名将廉颇，慨叹自己没有机会实现恢复之志。全词用典贴切自然，紧扣题旨，豪壮悲凉，闪耀着豪侠精神和爱国深情。

以诗观史

辛弃疾被重新起用到镇江防御前线时，年已六十六岁。此时距离他南渡已过去了四十三年，宦海浮沉和乡村闲居几乎耗尽了他的年华岁月。他虽主张抗金，但反对仓促北伐，而当时的执政者轻举妄动，准备北伐，并无胜算。春社之日，辛弃疾登临北固亭，凭栏北望，慷慨怀古，怀着深重的忧虑和一腔悲愤写下了这篇名作。因此这首词不但有豪放之风，而且充溢着沉郁顿挫、悲壮苍凉之感，并不是“豪放”一词所能简单概括的。词中洋溢着英雄之气和沧桑之感，气势雄浑，境界开阔，成为诗歌史上最能代表辛弃疾精神和风格的作品之一。

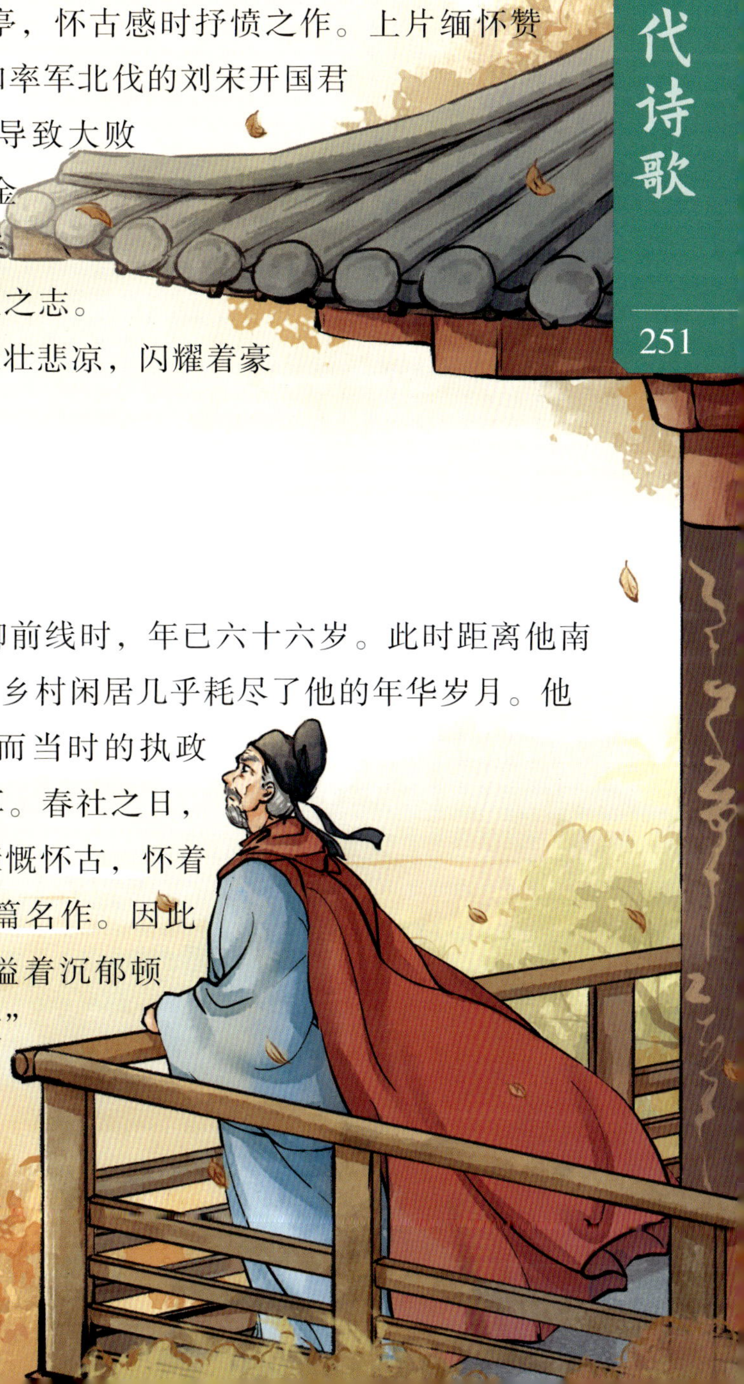

87

卜算子·咏梅[1]

〔南宋〕陆游

yì wài duàn qiáo biān jì mò kāi wú zhǔ yǐ shì huáng hūn dú zì
驿外[2]断桥边，寂寞开无主[3]。已是黄昏独自

chóu gèng zhuó fēng hé yǔ
愁，更着[4]风和雨。

wú yì kǔ zhēng chūn yí rèn qún fāng dù líng luò chéng ní niǎn
无意苦[5]争春，一任[6]群芳妒。零落[7]成泥碾[8]

zuò chén zhǐ yǒu xiāng rú gù
作尘，只有香如故[9]。

① 卜算子：词牌名。
② 驿外：指荒僻、冷清之地。驿，驿站，建在官道旁边，供驿马或官吏中途休息的专用建筑。
③ 无主：自生自灭，无人照管、玩赏。
④ 着：遭受。
⑤ 苦：苦苦，极力。
⑥ 一任：任凭。
⑦ 零落：凋谢。
⑧ 碾：轧烂，压碎。
⑨ 香如故：香气像当初一样，依旧存在。

诗歌鉴赏

这是一首咏梅词。上片突出梅花的生存困境，驿外断桥、寂寞开落，风雨摧残、自生自灭，令人同情；下片写梅花的精神，卓然不群、独标高格，成泥作尘、馨香如故，“末句想见劲节”(明卓人月《古今词统》)，令人赞叹。全词以物喻人，托物言志，以梅自况，物我相融，是咏梅词中的佳作。

以诗观史

陆游是南宋中兴四大家之一，成就主要在诗，其词也多表现慷慨悲壮的爱国激情，一般被视作辛派词人。这首词以梅写失意英雄的兀傲形象，是他最著名的一首小令。梅兰竹菊被合称为花中“四君子”，其中梅凌寒盛开，傲霜斗雪，以梅象征在最困难的环境中依然坚守节操的高洁人格是中国诗歌史上的重要传统。诗如北宋王安石《梅花》：“墙角数枝梅，凌寒独自开。遥知不是雪，为有暗香来。”词可以陆游为代表。陆游非常喜欢梅，曾作《卜算子·咏梅》一百多首，以“驿外断桥边”这首最为有名。毛泽东曾“读陆游咏梅词，反其意而用之”，也作了一首同名同调的词，其中名句有“俏也不争春，只把春来报。待到山花烂漫时，她在丛中笑”。陆游、毛泽东虽立意有别，但都写出了梅独特而宝贵的精神，可谓咏梅词双璧。

诗史时刻

姜夔的清雅词

在南宋时，与辛派词双峰对峙的是清雅词，其重要作家有姜夔（kuí）、史达祖、吴文英、王沂（yí）孙、张炎、周密等，尤以姜夔为代表，因此这批词人也被称为“姜派词人”。

姜夔（约1155—约1221），字尧章，号白石道人，南宋文学家、音乐家。

姜夔一生仕途不顺，四处流寓，清贫自守，耿介清高，终身布衣。其作品素以空灵含蓄著称。姜夔对诗词、散文、书法、音乐无不精擅，是继苏轼之后又一难得的艺术全才。

姜夔词的艺术特色

▶ 以诗入词

姜夔词以诗人的笔法入词，清空之中带有刚劲峻洁之气，使词趋于雅化和刚化，成为健笔写柔情的典范。

▶ 因词谱曲

姜夔长于自度曲，十七首词自注有工尺谱，为今存唯一的宋代词乐文献。柳永、周邦彦等人往往因声制词，姜夔则因词谱曲，使词从音乐的限制中解脱出来，如《扬州慢（淮左名都）》就是其自度曲。

▶ 多撰词序

姜夔词多配有精心结撰的小序，具有独立美学价值，如《念奴娇（闹红一舸）》。

▶ 力求醇雅

姜夔词反俗为雅，下字运意都力求醇雅，对清代浙西词派尚醇雅、主清空的创作取向产生了重要影响。

扬州慢

〔南宋〕姜夔

淳熙丙申①至日②，予过维扬③。夜雪初霁，荠麦弥望④。入其城则四顾萧条，寒水自碧。暮色渐起，戍角⑤悲吟。予怀怆然，感慨今昔，因自度此曲。千岩老人⑥以为有黍离之悲⑦也。

淮左名都⑧，竹西⑨佳处，解鞍少驻⑩初程。过春风十里⑪，尽荠麦青青。自胡马窥江⑫去后，废池乔木，犹厌言兵。渐黄昏，清角吹寒，都在空城。

杜郎⑬俊赏，算而今，重到须惊。纵豆蔻词工，青楼梦好，难赋深情⑭。二十四桥⑮仍在，波心荡，冷月无声。念桥边红药⑯，年年知为谁生？

① 淳熙丙申：宋孝宗淳熙三年（1176）。

② 至日：冬至、夏至均为至日，此指冬至。

③ 维扬：即扬州。

④ 弥望：满眼。

⑤ 戍角：军营中发出的号角声。

⑥ 千岩老人：南宋诗人萧德藻，号千岩老人。姜夔是他的侄女婿，曾跟他学诗。

⑦ 黍离之悲：指面对故国残破的悲思。《黍离》是《诗经·王风》中的一首诗，《毛诗序》称，周大夫见故都宗庙宫室倾覆，遗址上长满黍子，于是作《黍离》表达忧伤。

⑧ 淮左名都：指扬州。宋朝的行政区设有淮南东路和淮南西路，扬州是淮南东路的首府，故称“淮左名都”。左，面朝南时，东为左，西为右。

⑨ 竹西：扬州城东有竹西亭，为当地名胜。

⑨ 是中：一作“就中”。
⑩ 只影：形单影只，指丧偶的孤雁。
⑪ “横汾”三句：据《汉武故事》，汉武帝曾经巡幸河东郡，在汾水楼船上与群臣宴饮，作《秋风辞》，中有“泛楼船兮济汾河，横中流兮扬素波，箫鼓鸣兮发棹歌”。此指当年横汾盛况，如今寂寞凄凉。平楚，楚指丛木。远望树梢齐平，故称平楚。
⑫ 招魂楚些：《楚辞·招魂》沿用了楚国民间流行的招魂词的形式，句尾皆有“些”字。
⑬ 何嗟及：悲叹也无济于事。
⑭ 山鬼：《楚辞·九歌·山鬼》篇中的山神，此指雁魂。
⑮ “天也”三句：倒装句，意为不信殉情的大雁与普通莺燕一样会寂灭无闻变为黄土，它将声名远播，使天公忌妒。
⑯ 骚人：诗人。

诗歌鉴赏

这首词又称《雁丘词》，从词的小序可知，词人有感于双雁的痴心至情而作此词。这首词表面上是写雁之情，实质上是写人之情。上片句句烘染雁的生死情愫，超越时空，痴情感人；下片以特定的空间感抒写至情之悲，富有《楚辞》风调。词人以“恨人间，情是何物，直教生死相许”领贯全篇，以极沉极健之笔写至深至柔之情，柔婉之极而又沉雄之至，体现出元好问词的独特风格。

以诗观史

元好问（1190—1257），字裕之，号遗山，祖先是北魏鲜卑贵族拓跋氏，他是金代文学成就最高、影响最大的文学家。元好问是抒写生死至情、发掘爱情超越时空永恒价值的重要诗人。他曾作过两篇写情的经典词章，一首是《雁丘词》，另一首是《双莲词》，两词同调，情感内涵也基本相同，堪称至情词的姊妹篇。后来王实甫作杂剧《西厢记》，汤显祖作传奇《牡丹亭》，曹雪芹作小说《红楼梦》，都是对元好问写情传统的进一步丰富和深化，是一流大家对世间至死不渝真情的热情讴歌。

元曲基本分类

元曲是元代文学最高成就的代表，包括散曲和剧曲（杂剧）两大类，它们都属于广义的诗歌范畴，前者属于歌诗，后者属于剧诗。我们在这里主要介绍散曲。

元代散曲分为套数和小令两类。

套数 也称“散套”，由若干属于同一宫调的曲牌按照一定的次序联结而成。一首套数，短的可以只用两个曲牌，长的可以连用二十几个曲牌，但都必须一韵到底。最著名的散套是关汉卿的《〔南吕〕一枝花·不伏老》，这首散套由“一枝花”“梁州”“隔尾”“尾”四支曲子组成。

小令 也称“叶儿”，是单支的曲子，按照不同的曲调创作。著名的元曲小令有马致远的《天净沙·秋思》、张养浩的《山坡羊·潼关怀古》等。

元曲四大家

“元曲四大家”是关汉卿、白朴、郑光祖、马致远四位元代杂剧作家的合称，他们代表了元代不同时期、不同流派杂剧创作的最高成就。

关汉卿

▶ 简介

关汉卿（约1220—1300），字汉卿，号已斋叟，大都（今北京）人，大致活跃于至元至大德年间（1264—1307）的杂剧创作圈中，虽漫游诸地，但主要活动集中于大都一带。

▶ 成就

关汉卿是元代剧坛上最具代表性、成就最高的剧作家之一，在我国戏曲史上有着重要地位，是元杂剧的奠基人和剧坛领袖，代表作有《窦娥冤》《望江亭》《救风尘》等，他的散曲代表作则有套数《[南吕]一枝花·不伏老》等。

白朴

▶ 简介

白朴（1226—约1306），原名恒，字仁甫，后改名朴，字太素，号兰谷，祖籍隩州（今山西河曲）。白朴一生未仕，其父白华曾在金朝为官，都城陷落后，白朴随元好问避难山东，浪迹江湖，与勾栏歌伎时相往来，后又长期在南方居住，作品中常流露沧桑之感与失落之哀。

▶ 成就

据《录鬼簿》所载，白朴杂剧凡15种，代表作有《梧桐雨》《墙头马上》等。

郑光祖

▶ 简介

郑光祖（？—约1324），字德辉，平阳襄陵（今山西临汾）人。郑光祖从小受到戏剧艺术的熏陶，青年时期投身于杂剧活动，享有盛誉。但他的活动主要在南方，是南方戏剧圈中的巨擘。

▶ 成就

他一生写过杂剧18种，今存《倩女离魂》《㑳梅香》《王粲登楼》《周公摄政》《伊尹扶汤》等8种。

马致远

▶ 简介

马致远（约1251—约1321），一说字千里，号东篱，一说名不详，字致远，晚号东篱，大都（今北京）人。他的年辈稍晚于关汉卿、白朴。

▶ 成就

马致远所作杂剧今知有15种，《汉宫秋》是其代表作；散曲120多首，有辑本《东篱乐府》。

90

〔南吕〕一枝花·不伏老

（节选）[1]

〔元〕关汉卿

wěi wǒ shì gè zhēng bú làn zhǔ bù shú chuí bù biǎn chǎo
〔尾[2]〕我是个蒸不烂、煮不熟、捶不匾[3]、炒

bú bào xiǎng dāng dāng yí lì tóng wān dòu nèn zǐ dì měi shuí jiào nǐ zuān
不爆、响当当一粒铜豌豆[4]，恁[5]子弟每谁教你钻

rù tā chú bú duàn zhuó bú xià jiě bù kāi dùn bù tuō màn téng
入他锄不断、斫[6]不下、解不开、顿不脱、慢腾

téng qiān céng jǐn tào tóu wǒ wán de shì liáng yuán yuè yǐn de shì dōng jīng
腾千层锦套头[7]。我玩的是梁园[8]月，饮的是东京[9]

jiǔ shǎng de shì luò yáng huā pān de shì zhāng tái liǔ wǒ yě huì wéi
酒，赏的是洛阳花，攀的是章台柳[10]。我也会围

qí huì cù jū huì dǎ wéi huì chā kē huì gē wǔ huì chuī
棋、会蹴鞠[11]、会打围[12]、会插科[13]、会歌舞、会吹

tán huì yàn zuò huì yín shī huì shuāng lù nǐ biàn shì luò le wǒ
弹、会咽作[14]、会吟诗、会双陆[15]。你便是落了我

yá wāi le wǒ zuǐ qué le wǒ tuǐ shé le wǒ shǒu tiān cì yǔ
牙、歪了我嘴、瘸了我腿、折了我手，天赐与

wǒ zhè jǐ bān er dǎi zhèng hòu shàng wù zì bù kěn xiū zé chú shì
我这几般儿[16]歹症候[17]，尚兀自[18]不肯休。则除是[19]

yán wang qīn zì huàn shén guǐ zì lái gōu sān hún guī dì fǔ qī pò
阎王亲自唤，神鬼自来勾，三魂归地府，七魄

sàng míng yōu tiān na nà qí jiān cái bú xiàng yān huā lù er shàng zǒu
丧冥幽。天哪，那其间[20]才不向烟花路[21]儿上走！

①〔南吕〕一枝花·不伏老：南吕，曲中的宫调名，十二宫调之一。一枝花，曲牌名，属南吕宫。

②尾：南吕宫的曲牌。

③匾：同“扁”。

④铜豌豆：形容圆滑世故的人。这里比喻作者的性格无比坚强。

⑤恁：你，你们。

⑥斫：砍。

⑦锦套头：锦缎制的笼头，比喻圈套、陷阱。

⑧ 梁园：汉代梁孝王所造的豪华宫殿和苑囿，故址在今河南开封附近。梁孝王好宾客，司马相如、枚乘等辞赋家皆曾居于园中。这里代指北宋都城汴梁。

⑨ 东京：北宋都城汴梁因在洛阳东边，被称为“东京”。

⑩ 章台柳：章台原为汉时长安中街名，此处指妓院，章台柳指美艳妓女。

⑪ 蹴鞠：古代一种踢球游戏。

⑫ 打围：古代指打猎时合围，后泛指打猎。

⑬ 插科：戏曲演员在戏曲中穿插的滑稽逗乐的动作、表演。常同“打诨”合用，称“插科打诨”。

⑭ 咽作：歌唱。

⑮ 双陆：一种棋类游戏。

⑯ 几般儿：几样、几种。

⑰ 歹症候：疾病，指上文的落牙、歪口、瘸腿、折手。

⑱ 兀自：还、仍然。

⑲ 则除是：除非是。

⑳ 那其间：那时候。

㉑ 烟花路：指妓院。

诗歌鉴赏

《一枝花·不伏老》是关汉卿创作的一组带有自述心志性质的套曲作品，它以非常奇特而丰富的语言，勾勒出一个狂放不羁的“盖世界浪子班头”和独一无二的“蒸不烂、煮不熟、捶不匾、炒不爆、响当当一粒铜豌豆”的主人公形象，这是中国古代从未出现过的文人形象。这套曲子大量娴熟地使用衬字、排比等手法，用通俗生动、诙谐活泼的语言和大胆而又夸张的笔调创造出一种雄健豪宕、富于韵律的艺术美感，全曲气韵深沉，语势狂放。

以诗观史

关汉卿是“元曲四大家”之首，更是中国古代最伟大的戏剧家之一。关汉卿被《录鬼簿》称为“驱梨园领袖，总编修师首，捻杂剧班头”，可见他在元代剧坛中的崇高地位。关汉卿的代表作品，除了《窦娥冤》《救风尘》《拜月亭》《单刀会》等杂剧名作之外，还有《一枝花·不伏老》等散曲套数。与其杂剧一样，关汉卿的这组套曲具有强烈的现实性，散发出昂扬的战斗精神，历来为人传诵，是元散曲中风格极为独特的经典作品。

91

〔越调〕天净沙·秋思①

〔元〕马致远

kū téng lǎo shù hūn yā xiǎo qiáo liú shuǐ rén jiā
枯藤② 老树昏鸦③，小桥流水人家，

gǔ dào xī fēng shòu mǎ
古道④ 西风瘦马。

xī yáng xī xià duàn cháng rén zài tiān yá
夕阳西下，断肠⑤ 人在天涯。

①〔越调〕天净沙·秋思：越调，曲中的宫调名，十二宫调之一。天净沙，曲牌名，又名“塞上秋”，属越调。思，思绪。

② 枯藤：枯萎的藤条枝蔓。

③ 昏鸦：黄昏时将要回巢的乌鸦。
④ 古道：古老荒凉的道路。
⑤ 断肠：形容悲伤至极。

诗歌鉴赏

这是一首以苍凉意境写游子愁思的小令。开篇前三句分别是三组景物，“枯藤老树昏鸦”营造了凄凉萧瑟的氛围，“小桥流水人家”是画面中的亮色，却又深刻地反衬了天涯孤旅的凄凉与迷茫，“古道西风瘦马”则凸显了旅途之苦。三组景物九个景象，没有使用一个动词或形容词，却叠加构成了一幅绝妙的天涯孤旅图。最后两句诗境的主角“断肠人”直接出场，成为图画的中心，为全曲景物注入了灵魂。

以诗观史

这是元曲中的杰作，是最为著名的秋思小令。羁旅之愁、故园之思、悲秋之情是中国古典诗词中非常普遍的情感主题，马致远的《天净沙·秋思》将这三种情感以极有诗意的画面形式浓缩于二十八字之中，得到了时人和后人不断的赞叹。元人周德清《中原音韵》激赏这首小令：“极妙！秋思之祖也！”王国维《人间词话》评价说：“寥寥数语，深得唐人绝句妙境，有元一代词家，皆不能办此也。”关于“秋思”，马致远还有另外一首经典套曲《〔双调〕夜航船·秋思》，其中既有历史的沉思，又有归隐的情怀，内涵和风格与《天净沙·秋思》颇为不同。两者共同体现了马致远“秋思”的高雅旨趣和艺术成就。

〔中吕〕山坡羊·潼关怀古①

〔元〕张养浩

fēng luán rú jù bō tāo rú nù shān hé biǎo lǐ tóng guān
峰峦如聚②，波涛如怒③，山河表里④潼关
lù wàng xī dū yì chóu chú shāng xīn qín hàn jīng xíng chù gōng
路。望西都⑤，意踌躇⑥。伤心秦汉经行处⑦，宫
què wàn jiān dōu zuò le tǔ xīng bǎi xìng kǔ wáng bǎi xìng kǔ
阙万间都做了土。兴，百姓苦；亡，百姓苦⑧。

①〔中吕〕山坡羊·潼关怀古：中吕，曲中的宫调名，十二宫调之一。山坡羊，曲牌名，北曲属中吕宫，南曲属商调。潼关，古关口名，在陕西东部潼关县，地处陕西、河南、山西三省要冲，是古代进入陕西的军事要地，为兵家必争之地。

②峰峦如聚：此处形容华山、秦岭等巍峨险峻，连绵不断。

③波涛如怒：此处形容黄河波涛汹涌奔腾，如雷霆震怒。

④山河表里：外有黄河，内有华山，是为表里。形容潼关一带地势险要。

⑤西都：西京，指长安（今陕西西安）。

⑥踌躇：迟疑不决。这里形容心潮起伏。

⑦秦汉经行处：途中所见的秦汉宫殿遗址。秦朝都城咸阳和西汉都城长安都在潼关西面。经行处，行程中经过的地方。

⑧兴、亡：指政权的盛衰、朝代的更替。

诗歌鉴赏

这是一首怀古伤今的散曲作品。潼关地处东都洛阳、西都长安之间，表里山河，形势险要，是古今兵家必争之地。开篇前三句极写潼关表里山河、为社稷屏障的险要地势和重要地位，中间四句由写景转入怀古，慨叹历史的无情和循环往复。结尾四句聚焦于历史兴亡中人民的命运，立意警策，振聋发聩，回响于千古。

以诗观史

张养浩（1270—1329），字希孟，号云庄，曾任监察御史、礼部尚书等职。从元武宗至大年间到元末（1308—1368），散曲已成为诗坛的主要体裁。张养浩是这一时期重要的散曲作家。至治元年（1321），张养浩因上疏触怒元英宗，弃官归隐。此后，朝廷多次召他入仕，都被他拒绝了，但他仍心系天下苍生。天历二年（1329），关中大旱，饥民相食，张养浩即应诏赈灾。眼见饿殍遍地，百姓苦不堪言，一向正直爱民的张养浩用“山坡羊”这个曲牌写了一组怀古曲，其中这首《潼关怀古》影响最大，成为张养浩散曲的代表作。这首散曲发出的“兴，百姓苦；亡，百姓苦”的哀叹，极富人民性，使其成为千古不朽之作。

明代诗歌

明代诗歌概说

明代开国皇帝朱元璋为巩固政权，从政治、经济、文化、法律等方面采取一系列高压政策，中央集权空前加强。程朱理学成为官学、王阳明心学的兴起、商品经济的繁荣、市民阶层的崛起、印刷术的发达以及图书市场的发展，都深刻地影响着明代文学特别是诗歌的发展方向和面貌。

就文学价值而言，明代能与唐诗、宋词、元曲相媲美的“一代之文学”无疑是叙事特征显著的戏曲、小说。尽管如此，在当时最适合士大夫表达生活情感、在他们日常文学活动中占据主流地位的，仍然是诗文。明诗流派纷呈，地域特征突出，或以追求“古格”为主张，或以反对拟古、独抒性灵为主张，明诗的发展总体趋势，可以说是性灵诗派与复古诗派相互对立消长的过程。明代词曲虽总体成就不如前代，但也有不少名家名篇，与明诗、小说等相映生辉，使明代文学呈现出一片繁荣景象。

诗史时刻

明诗主要流派

明代诗歌流派众多，但是没有出现和唐宋匹敌的大家。

明诗的基本发展线索由传统诗歌思想与性灵诗歌思想构成，在不同时期形成了不同的复古派和性灵派诗人群体，加之地域特征凸显而出现的地域性诗派，明诗的发展呈现出纷繁复杂的局面。

传统诗歌流派

茶陵派

▶ 代表人物

李东阳，湖南茶陵人，弘治年间（1488—1505）台阁重臣，门生满朝，对诗坛影响巨大。

▶ 核心主张

诗歌复古，学习汉唐，强调诗歌声韵艺术特征。

前七子

▶ 代表人物

李梦阳、何景明、徐祯卿、边贡、王廷相、康海、王九思，以李、何为领袖，主要活动于弘治、正德年间（1488—1521）。

▶ 核心主张

“文必秦汉，诗必盛唐”“真诗在民间”，针对宋诗议论说理的弊端，突出诗歌抒情本质。

后七子

▶ 代表人物

李攀龙、王世贞、谢榛、宗臣、梁有誉、徐中行、吴国伦，以李、王为领袖，主要活动于嘉靖、隆庆年间（1522—1572）。

▶ 核心主张

继承前七子，更深入探索汉魏盛唐诗歌的技巧与审美风格。

云间派

▶ 代表人物

陈子龙、李雯、夏完淳，皆为明末清初松江府（古称云间，今上海松江）人。

▶ 核心主张

倡导“宗唐”，诗歌与亡国之痛和抗清事业紧密结合，追求沉郁顿挫的风格。

性灵诗人诗派

明万历年间（1573—1620），出现了反对前后七子拟古主义的公安派与竟陵派。

公安派

▶ 代表人物

袁宏道、袁宗道、袁中道，合称“三袁”，皆为湖北公安人。

▶ 核心主张

提出“性灵说”，反对前后七子的拟古主义，认为诗歌创作应“独抒性灵，不拘格套”。

竟陵派

▶ 代表人物

钟惺、谭元春，皆为湖北竟陵人。

▶ 核心主张

与公安派相似，但强调从古人诗中求性灵，“求古人真诗”，追求“幽深孤峭”。

93

石灰吟

〔明〕于谦

qiān chuí wàn záo chū shēn shān
千锤万凿[1]出深山，

liè huǒ fén shāo ruò děng xián
烈火焚烧若等闲[2]。

fěn gǔ suì shēn hún bú pà
粉骨碎身浑[3]不怕，

yào liú qīng bái zài rén jiān
要留清白[4]在人间。

① 千锤万凿：无数次的锤击开凿，千、万，虚词，形容很多。
② 等闲：平常，轻松。
③ 浑：全，全然。
④ 清白：指石灰洁白的本色，比喻高尚的节操。

诗歌鉴赏

这首诗是明诗中托物言志的名作。诗人以白描而富有内涵的诗句，叙述了石灰石由深山开采、烈火焚烧，最终粉骨碎身、变成清白石灰的过程。石灰本无生命和感情，而诗言"若等闲""浑不怕"，精妙地写出了石灰不惧烈火焚烧、不怕粉骨碎身的勇毅品质和献身精神。这首诗句句写石灰，又句句写诗人自己，尾句"要留清白在人间"则更直接地抒写出诗人清白廉洁的高尚节操。

以诗观史

于谦（1398—1457），明代著名的政治家、军事家、诗人，当时诗坛上流行歌功颂德的"台阁体"，但他并不随波逐流，能表现出自己的特色。这首《石灰吟》是他青少年时代的感发之作，咏物寄情，表达了高远的人生志向和高尚的精神追求。与此相类，于谦还有一首《咏煤炭》诗，尾联说"但愿苍生俱饱暖，不辞辛苦出山林"，也表达出他强烈的儒家入世情怀和不辞辛苦、勇为天下百姓承担责任的远大志向。明代程敏政评价于谦为"一时人杰"(《祭少保于公文》)，清代大诗人袁枚将他和岳飞相提并论，说"赖有岳于双少保，人间始觉重西湖"(《谒岳王墓》)。因此，《石灰吟》又可以视作于谦一生的真实写照。

初到石湖[1]

〔明〕李贽

jiǎo jiǎo kōng zhōng shí, jié máo fǔ qīng xī.
皎皎[2]空中石[3]，结茅俯青溪[4]。
yú yóu xīn yuè xià, rén zài xiǎo qiáo xī.
鱼游新月下，人在小桥西。
rù shì hū zūn jiǔ, yóu chūn xìn mǎ tí.
入室呼尊酒，游春信马蹄[5]。
yīn yī rú kě jiù, qióng zhú zhèng kān xié.
因依如可就[6]，筇竹[7]正堪携。

① 初到石湖：石湖，即湖北麻城龙湖，因湖为石底，故又名石湖。李贽于万历十六年（1588）秋迁至龙湖芝佛院著述讲学。
② 皎皎：洁白貌。
③ 空中石：因潭为石底，水非常清澈，所以石头好像在空中一样。
④ “结茅”句：临着清澈的溪水建造茅舍。
⑤ “入室”二句：一作“入室倾尊酒，逢春信马蹄”。尊，同“樽”，酒樽。信，听任，任凭。
⑥ “因依”句：意思是如果朋友可以前去拜访。因依，依靠，此处引申指朋友。
⑦ 筇竹：筇都筇山所产之竹。因其宜于做杖，所以成为竹杖的称呼。

诗歌鉴赏

这是一首清新自然的五言律诗，描写了诗人结庐石湖的环境和心境。湖石、青溪、游鱼、小桥所组成的画面宁静优美，而诗人在此结庐居住，兴来呼酒、信马游春，真的是任情率意、空灵闲逸。尾联欲携杖访友、倾诉心曲，而“如可就”“正堪携”则透露出他无可无不可的随遇而安，这正是物我两忘的浑然境界。

以诗观史

李贽（1527—1602），字宏甫，号卓吾，别号温陵居士，是明代最重要的思想家之一，是万历文坛上除公安、竟陵派以外又一反对拟古主义的文学家，对晚明文学影响巨大。他提出的“童心说”强调思想情感的真实自然与艺术表现的流畅不拘，可称是晚明性灵文学思潮的宣言书。这首《初到石湖》就是体现他“童心说”的最好作品之一。“公安派”领袖人物袁宏道在文学上反对前后七子复古主张，提出“独抒性灵，不拘格套”的创作理论，都是深受李贽思想影响的结果。

95

临江仙

〔明〕杨慎

gǔn gǔn cháng jiāng dōng shì shuǐ làng huā táo jìn yīng xióng shì fēi chéng
滚滚长江东逝水①，浪花淘尽②英雄。是非成
bài zhuǎn tóu kōng qīng shān yī jiù zài jǐ dù xī yáng hóng
败转头空。青山依旧在，几度夕阳红③。

bái fà yú qiáo jiāng zhǔ shàng guàn kàn qiū yuè chūn fēng yì hú
白发渔樵④江渚⑤上，惯看秋月春风⑥。一壶
zhuó jiǔ xǐ xiāng féng gǔ jīn duō shǎo shì dōu fù xiào tán zhōng
浊酒⑦喜相逢。古今多少事，都付笑谈中。

① 东逝水：江水向东流逝而去。
② 淘尽：荡涤一空。
③ “几度”句：太阳多少次东升西落。几度，几次。
④ 渔樵：渔翁、樵夫，此处指隐居江渚、不问世事的隐士。
⑤ 渚：水中的小块陆地，此处指江岸边。
⑥ 秋月春风：指良辰美景、美好岁月。
⑦ 浊酒：用糯米、黄米等酿制的酒，较浑浊。

诗歌鉴赏

这首词是杨慎所作《廿一史弹词》第三段《说秦汉》的开场词，是一首著名的咏史词。开篇两句化用苏轼“大江东去，浪淘尽，千古风流人物”词意，紧接着一句“是非成败转头空”，境界阔大，豪迈沉雄。青山不改，夕阳落又升，在永恒的变与不变之中，白发渔樵在江渚之上，悠然自得，酒逢知己，笑谈古今。全篇咏史但未涉及具体史事，反而着力塑造了一个鲜明的“渔樵”形象。“渔樵”是中国古代文化中的一个特定群体，他们并非一般以打鱼砍柴为生的体力劳动者，而是隐逸者、历史的旁观者。他们知兴替、谈兴替，以世外的眼光观照着历史。词人虽不是“渔樵”，却借“渔樵”展示了他的孤独、深邃、高洁和洒脱。

以诗观史

杨慎（1488—1559），字用修，号升庵，明朝中期于诸流派之外卓成一家的文学家，被称为“明代第一博雅君子”。杨慎嘉靖初年因触怒皇帝被廷杖削官，谪戍云南永昌卫，投荒三十余年，最终卒于戍所。他的诗歌创作深受这段贬谪经历的影响。他的《西江月（道德三皇五帝）》中“七雄五霸斗春秋，顷刻兴亡过手，青史几行名姓，北邙无数荒丘”数句已有“是非成败转头空”之意，这首《临江仙（滚滚长江东逝水）》更加凝练感人，因此清初毛宗岗父子评刻罗贯中小说《三国演义》时将其放在卷首，作为全书的开篇词。

朝天子·咏喇叭①

〔明〕王磐

lǎ ba suǒ nà qǔ er xiǎo qiāng er dà guān chuán lái wǎng luàn
喇叭，唢呐，曲儿小腔儿大②。官船③来往乱
rú má quán zhàng nǐ tái shēng jià jūn tīng le jūn chóu mín tīng le
如麻④，全仗⑤你抬声价⑥。军听了军愁，民听了
mín pà nǎ lǐ qù biàn shèn me zhēn gòng jiǎ yǎn jiàn de chuī fān le
民怕。哪里去辨甚么⑦真共⑧假？眼见的吹翻了
zhè jiā chuī shāng le nà jiā zhǐ chuī de shuǐ jìn é fēi bà
这家，吹伤了那家⑨，只吹的水尽鹅飞罢⑩！

① 朝天子：曲牌名。
② 曲儿小腔儿大：曲子短小，声音响亮。
③ 官船：官府的船。这里指扰民的宦官船只。
④ 乱如麻：形容来往频繁、忙乱。
⑤ 仗：倚仗，凭借。
⑥ 声价：声望和社会地位。
⑦ 甚么：同“什么”，疑问代词。
⑧ 共：和。
⑨ “眼见”二句：比喻使有的人家倾家荡产，使有的人家元气大伤。
⑩ 水尽鹅飞罢：水干了，鹅也飞光了。比喻民穷财尽。

诗歌鉴赏

明武宗正德年间（1506—1521），宦官当权，他们不仅把持朝政、滥用职权，而且上下搜刮、鱼肉百姓。王磐家住官船往返的交通要道运河之畔，目睹宦官的种种恶行，写了这首《朝天子》，借咏喇叭揭露宦官的罪行。这首小令紧紧抓住喇叭、唢呐“曲儿小腔儿大”的典型特征，极写它们为官所用、为害军民的景况，以“只吹的水尽鹅飞罢”这样民穷财尽、家破人亡的严重后果来警示最高统治者。全曲以物喻人，形象生动，讽刺辛辣，达到了极高的艺术水平。

以诗观史

王磐（约 1470—1530），字鸿渐，号西楼，明代重要散曲作家，被誉为“南曲之冠”。继元曲高峰之后，明代散曲创作出现了与诗文创作相同的因袭多而创新少的倾向。尽管如此，明代散曲创作总体上仍处于盛而不衰的状态，作家人数众多，创作数量可观，王磐就是其中的杰出代表。他继承元曲大家不求仕进的传统，自称是“不登科逃名进士”“不耕田识字农夫”，厌弃举业，徜徉烟水，但胸襟正直，这首《朝天子·咏喇叭》就是他讽刺批判社会恶势力的代表之作，也是明曲中的名作。

清代诗歌

清代诗歌概说

清代是中国历史上最后一个传统帝制王朝，由满洲贵族所建立。从最初的王朝更替，到康熙、雍正、乾隆三朝的民生日蕃，号称盛世，从嘉庆、道光之际的国运开始走衰，到后来的列强入侵，江河日下，乃至最终覆灭，清代在政治制度、经济形态、社会结构、文化生活以及内外关系等方面都显得格外复杂。

清代的诗歌就是在这样复杂的历史环境中产生、发展、繁荣的。清代诗歌作者遍及社会各个阶层，诗歌创作显示出规模化的倾向，许多人都有数十首乃至上百首的连章组诗，不仅扩大了诗歌创作题材，更有力地拓展了诗歌传达生命情感体验和社会思想批判的深度和广度。清代诗坛在“诗史”“神韵”“格调”“性灵”“肌理”“质实”“诗界革命”等一系列诗歌观念主导下，形成了多样的传统和风格，其中贯穿着一条主线，就是逐步确立起以杜甫、韩愈、黄庭坚为宗的师法策略，形成以宋诗风为底色的学人诗风。清词在宋词之后出现中兴的景象，尤其康熙词坛为最盛期，最具代表性的词人有纳兰性德、朱彝尊、陈维崧等。

诗史时刻

清词中兴

词从南宋之后开始进入衰微期，元代、明代除了张翥、刘基、杨慎等少数词人外，少有成就突出的词人，词一直无法与诗和曲相提并论。直到明末，以陈子龙为核心的云间词派崛起，恢复词的正统地位，提倡“比兴寄托”，词艺才开始接续两宋，并逐渐形成清词中兴的局面。

康熙年间，清词进入鼎盛时期，出现了王士禛、陈维崧、朱彝尊、顾贞观、纳兰性德、厉鹗等重要词人，其中纳兰性德、朱彝尊、陈维崧被称为“康熙词坛三鼎足”，又被称为“清词三大家”。

到了晚清，随着张惠言、周济、项鸿祚、蒋春霖、谭献等著名词人的出现，清词再次进入繁盛期。

清末又出现了王鹏运、朱祖谋、郑文焯、况周颐、文廷式等著名词人，其中王、朱、郑、况被称为“清末四大词人”，朱祖谋又被称为“清词殿军”。

清词虽然整体成就不及宋词，但众多名家名作和词派的出现，使清词在文学史上仍占有重要的一席之地。

清词主要流派

清词主要流派

阳羡词派

以陈维崧为首的阳羡词派，崇尚苏轼、辛弃疾，词风雄浑粗豪，悲慨健举。

浙西词派

以朱彝尊为首的浙西词派，词宗南宋，推崇姜夔的醇雅清空词风。

常州词派

以张惠言为首的常州词派，大兴比兴寄托之说，推尊词体，提出“词亦有史”。

长相思[1]

〔清〕纳兰性德

shān yì chéng shuǐ yì chéng shēn xiàng yú guān nà pàn xíng yè shēn qiān zhàng dēng

山一程，水一程，身向榆关[2]那畔[3]行，夜深千帐灯。

fēng yì gēng xuě yì gēng guō suì xiāng xīn mèng bù chéng gù yuán wú cǐ shēng

风一更[4]，雪一更，聒[5]碎乡心梦不成，故园[6]无此声。

① 长相思：词牌名。
② 榆关：即山海关，在今河北秦皇岛东北。
③ 那畔：另一边，这里指关外。
④ 更：旧时一夜分五更，每更大约两小时。
⑤ 聒：声音嘈杂，这里指风雪声。
⑥ 故园：故乡，这里指北京。

诗歌鉴赏

康熙二十一年（1682），纳兰性德跟随皇帝从北京到盛京（今辽宁沈阳）告祭祖陵，在出山海关途中风雪夜宿，思念故乡，写下这首小令。词的上片写身之所向，下片写心之所思。“山一程，水一程”“风一更，雪一更”中叠词的使用，“夜深千帐灯”“故园无此声”中的声光对比，不仅增强了词的优美韵律，而且惟妙惟肖地刻画出词人最真切的内心情感。全词以千帐夜宿、风雪不寐的具体场景和视听感受，抒写了深沉的思乡之情，无一句正面写思乡，而句句都满怀思乡之情，是以小见大的千古佳作。

以诗观史

纳兰性德（1655—1685），原名成德，字容若，清代最著名的词人，不属于任何词派，却被尊为“国初第一词人”，影响深远。他推崇李煜词，有“清代李后主”之称，又兼学花间词，清人说他的词“纯任性灵，纤尘不染”（况周颐《蕙风词话》），这首《长相思》小令就是一个典型代表。这首词情真景真，意境天成，以独特的视角和卓越的艺术表现力，于柔婉缠绵中见慷慨沉雄，创新了传统羁旅题材的表达类型。王国维《人间词话》评价纳兰性德为“以自然之眼观物，以自然之舌言情”“北宋以来，一人而已”。

清代主要诗人举例

清代因为距离今天最近，留下了巨量的未经整理的诗歌作品，清诗的经典化过程刚刚开始，我们在这里依据当代学者的研究成果，列举部分具有代表性的清代诗人及其特色，以备入门学习之用。

清代主要诗人举例

钱谦益

气韵沉雄的七言律诗。

吴伟业

蕴藉流丽的七言歌行。

王士禛

清雅隽永的七言绝句。

袁枚、赵翼

议论犀利的咏史之作。

黄景仁

缠绵悱恻的深情吟咏。

黎简、张问陶

洗练名隽的诗歌语言。

何绍基、金和

酣畅淋漓的长篇巨制。

龚自珍、黄遵宪

诗歌新意境、新名词。

郑珍、江湜、陈三立

宋骨宋调。

王国维

融西学哲思入诗词。

徐灿、王慧、归懋仪、汪端、秋瑾

女性诗人典范。

以上诗人的总体成就并不亚于唐宋的一流诗人，他们基本上代表了清诗的主要风貌，呈现了现代以前中国古典诗歌最后的辉煌。

论诗五首（其二）

〔清〕赵翼

lǐ dù shī piān wàn kǒu chuán, zhì jīn yǐ jué bù xīn xian
李杜[①]诗篇万口传，至今已觉不新鲜[②]。

jiāng shān dài yǒu cái rén chū, gè lǐng fēng sāo shù bǎi nián
江山代有才人出[③]，各领风骚[④]数百年。

① 李杜：指唐代大诗人李白和杜甫，后人尊称李白为“诗仙”、杜甫为“诗圣”。

② 不新鲜：不稀罕、不新奇，此处指与当下的社会现状不相吻合，缺少新鲜的时代气息。

③ “江山”句：意谓国家代代都有极富才华的人。才人，富有才华的人。

④ 领风骚：引领文坛、开一代诗风。风骚，《诗经·国风》和屈原《离骚》的合称，后用来泛称文学或诗歌。

诗歌鉴赏

《论诗五首》是赵翼创作的七绝组诗，讨论了诗歌创新的问题，这里所选的第二首最为著名。“诗仙”李白、“诗圣”杜甫的诗篇流传久远，万口称颂，家喻户晓，可谓经典之作，但当今人们已不觉得新奇稀罕了。为什么会这样呢？这是因为，每个时代都有属于这个时代的新气象、新才人，这些有才华的时代新人也能将新的时代气息、景象熔铸于自己的诗歌之中，成为像李杜一样引领诗坛、开创新风的大家宗师。全诗明白晓畅，说理透彻，格调昂扬，为那些总觉得“古来好诗本有数，可奈前人都占去”的诗人指明了创新的方向。

以诗观史

赵翼（1727—1814），字耕松，号瓯北，清代著名诗人、学者，与袁枚、张问陶并称“性灵派三大家”。创新和复古是中国古代诗歌创作的两大思潮，两派的交锋自宋代以后就从未间断。明代前后七子主张模拟复古，遭到提倡“独抒性灵”的公安派等流派的猛烈抨击。清代主张复古的则有“尊唐”和“宗宋”两派，两派各不相让，自矜正宗，受到叶燮、袁枚和赵翼等人的批判。赵翼这组论诗诗主张独创，反对模拟，推陈出新，独抒新意，正是追求创造的赵翼的创新杰作。清尚镕《三家诗话》称赵翼诗“如吴越锦机，力翻新样”。

己亥杂诗（其一二五）

〔清〕龚自珍

jiǔ zhōu shēng qì shì fēng léi
九州生气①恃②风雷，
wàn mǎ qí yīn jiū kě āi
万马齐喑③究可哀。
wǒ quàn tiān gōng chóng dǒu sǒu
我劝天公④重抖擞⑤，
bù jū yì gé jiàng rén cái
不拘一格降人才。

① 生气：活力，生命力。这里指朝气蓬勃的局面。
② 恃：依靠。
③ 万马齐喑：所有的马都沉寂无声。比喻人们沉默不语。喑，沉默。
④ 天公：造物主。
⑤ 抖擞：振作，奋发。

诗歌鉴赏

《己亥杂诗》是龚自珍在己亥年（1839）辞官归乡途中创作的具有浓厚自叙色彩的大型七绝组诗，共三百一十五首，以上面这首最为著名。诗的前两句用精妙的比喻描写当时社会“万马齐喑”的情形，一片死寂，令人窒息，需要“风雷”的猛烈抨击。诗的后两句“我劝天公重抖擞，不拘一格降人才”是广为传诵的名句，诗人用奇特的想象，向“天公”疾呼，期待杰出人才不断涌现，九州重现勃勃生机。全诗独造奇境，既揭露矛盾、批判现实，更呼唤变革、憧憬未来。

以诗观史

龚自珍（1792—1841），一名巩祚，字璱人，号定盦，晚清重要思想家、文学家，是中国 19 世纪诗人中具有近代民主思想的第一人。1840 年的鸦片战争被史家视为中国近代史的起点，这组作于鸦片战争爆发前夕的大型七绝组诗继承了中国诗歌咏怀感遇的传统，集中反映了诗人对进步理想的追求，吹响了新时代的号角。一百多年后的我们阅读这些诗篇，仍能感受到诗人对古老帝国沉闷现实的无比厌倦和对社会变革的强烈渴望。近代以来，《己亥杂诗》和林则徐的名句“苟利国家生死以，岂因祸福避趋之”一样，一直是清代诗歌中鼓舞人心的篇章，激励着一代又一代仁人志士挺身而出，走上推翻封建专制、再造中华生机的民族复兴之路。

赴戍登程口占示家人二首（其二）[1]

〔清〕林则徐

lì wēi rèn zhòng jiǔ shén pí　zài jié shuāi yōng dìng bù zhī
力微任重久神疲[2]，再竭衰庸[3]定不支。

gǒu lì guó jiā shēng sǐ yǐ　qǐ yīn huò fú bì qū zhī
苟利国家生死以[4]，岂因祸福避趋之？

zhé jū zhèng shì jūn ēn hòu　yǎng zhuō gāng yú shù zú yí
谪居[5]正是君恩厚，养拙[6]刚于戍卒宜[7]。

xì yǔ shān qī tán gù shì　shì yín duàn sòng lǎo tóu pí
戏与山妻[8]谈故事[9]，试吟断送老头皮[10]。

① 赴戍登程口占示家人：赴戍，前去防守边疆。戍，军队防守。登程，启程上路。口占示家人，口头吟成诗，给家人看。

② 神疲：精神疲惫。

③ 衰庸：身体衰弱，才能平庸，这里是自谦之词。

④ “苟利”句：《左传》记载，春秋时期郑国大夫子产改革军赋制度，引起时人不满，子产回答：“何害！苟利社稷，死生以之。”苟，如果，只要。生死以，拿生死付与，献出生命。

⑤ 谪居：被贬谪后住在僻远之地。

⑥ 养拙：守拙，安于笨拙。常用为退隐不仕的自谦之辞。

⑦ 戍卒宜：适宜做戍卒。戍卒，守卫边疆的士兵。

⑧ 山妻：谦称自己的妻子。